Inhalt

Wittenberg im 16. Jahrhundert

Prolog

Ich bin Ranja. Seit ungefähr 500 Jahren gehöre ich dem Rat der magischen Welt an, die sich hinter, unter, über oder vielleicht auch mitten in Berlin befindet. Man kann sie sich wie eine Blase vorstellen. Innen ist sie unendlich weit, von außen jedoch nicht zu sehen. Sie ist wie eine eigene Dimension.
Über diese magische Blase wacht ein Rat. Jedes der Mitglieder gehört einem der fünf Elemente an, die das Universum in seinem Inneren zusammenhalten: Erde, Feuer, Wasser, Luft und Äther. Die fünf Mitglieder sind für das energetische Gleichgewicht zwischen den Welten verantwortlich, stehen in Kontakt mit anderen Blasen und unterrichten magisch begabte Neuankömmlinge an der Akademie der Elemente.
Ich vertrete das Element Feuer.

Gerade mal sechzehn war ich, ein eher schüchternes und nachdenkliches, aber doch recht eigenwilliges Mädchen, als mein Leben auf den Kopf gestellt wurde und ich in diese wunderbare Welt hinter der Realität gelangte.
Auch wenn das mehrere Jahrhunderte her ist, sehe ich wohl nicht älter aus als vierzig. In der magischen Welt altert man nicht. Nur die Tage, die ich in der Realität gewesen bin, bringen mich auf eine gewisse Zahl an Jahren.
Wenn man mich ansieht, erfülle ich hervorragend das Klischee einer mittelalterlichen Hexe: Feuerrote Haare, bunte Röcke, ich besitze eine gut ausgestattete Kräuterküche und natürlich habe ich auch einen Besen, allerdings in taschentauglicher Miniaturform. Nur auf das runzelige Gesicht und die Hakennase verzichte ich gerne.
Ich wurde im ausgehenden Mittelalter geboren. Während ich meine Geschichte erzähle, gedenke ich allen „Hexen“ dieser Zeit, die auf dem Scheiterhaufen sterben

mussten, weil sie keine besondere Begabung besaßen, so wie ich.

Der Weg, der in die magische Welt führt, ist für die meisten Begabten eine mit großen Ängsten und seelischen wie körperlichen Schmerzen verbundene traumatische Erfahrung, sodass viele von ihnen lange brauchen, überhaupt davon erzählen zu können.
Menschen, deren besondere Begabung für eins der Elemente zu erwachen beginnt, drängt es früher oder später zu den Durchgängen, die sie in die magische Welt führen. Sie haben auf einmal das Bedürfnis, lebensgefährliche Dinge zu tun und wissen nicht, wie ihnen geschieht. Sie begeben sich in Todesgefahr, obwohl sie leben möchten.
Wenn du, lieber Leser oder liebe Leserin, bereits Kiras Geschichte aus „Himmelstiefe“ kennst, dem ersten Band der Reihe „Zauber der Elemente“, dann weißt du, was ich meine.

Kiras Weg in die magische Welt hat mich an meine eigene Geschichte erinnert. Ich war ähnlich rebellisch wie sie, und auch bei mir gab es anfangs Unklarheiten über mein wahres Element, in dem ich besonders begabt sein sollte. Aber beginnen wir von vorn ...

Ein kluges Mädchen

1

Dass ich sterben sollte, entschied sich an einem extrem heißen Freitagnachmittag im Mai 1540.

Noch vor einigen Monaten, an meinem 16. Geburtstag im September, war ich zuversichtlich gewesen, dass eine schöne Zukunft auf mich wartete. Und nun lag ich in einem dunklen, modrigen Verlies, zählte die Stunden bis zur Vollstreckung des Urteils und dachte über mein Leben nach.

Meine kurze Existenz hatte damit begonnen, dass meine Mutter zwei Tage nach meiner Geburt in Eisleben gestorben

war. Mein Vater blieb mit mir allein und nahm sich keine neue Frau. Ob aus Liebe zu meiner Mutter oder aus anderen Gründen, ich weiß es nicht. Nur zwei Mal hat er von ihr gesprochen. Und jedes Mal kam es mir hinterher so vor, als würde er es bereuen, weil die Erinnerung an sie ihm Schmerzen bereitete:
„Du hast den extremen Eigenwillen deiner Mutter Maria geerbt“, und „Dein Haar ist genau so feuerrot und widerspenstig wie das ihre.“ Sein Tonfall war schwer zu deuten. Er klang wie eine Mischung aus Anerkennung, Bedauern und Vorwurf. Leider war es zwecklos, ihm Fragen zu meiner Mutter zu stellen. Mein Vater weigerte sich, über sie zu reden. Überhaupt war er ein sehr schweigsamer und frommer Mensch, der sich am liebsten hinter einem Buch verschanzte. Wir besaßen nur zwei, und die las er immer wieder. Eins davon war die Luther-Bibel, auf deren Besitz er unglaublich stolz war, das andere ein Almanach mit vielen Illustrationen.

Seit ich denken kann, begeisterte sich mein Vater für Bücher. Er hatte sich in den Kopf gesetzt, das Handwerk des Buchdruckers zu erlernen und einmal Meister mit einer eigenen Werkstatt zu werden. Das war ein großer Traum, denn weder stammte er aus einer Handwerkerfamilie, noch besaßen wir genug, was diesen Wunsch rechtfertigen konnte. Trotzdem schaffte er es, in einer Druckerei in die Lehre zu gehen und seine Gesellenprüfung abzulegen.
Wir begaben uns auf Wanderschaft durch verschiedene Städte, von einer Druckerei zur nächsten, lebten sehr bescheiden, mussten aber immer wieder weiterziehen. Eine Weile stand es nicht gut um uns, bis mein Vater von Wittenberg hörte und dass dort eine neue Druckerei eröffnete.
Wittenberg war eine Universitätsstadt. Die Chancen standen denkbar schlecht, doch mein Vater hatte Glück. Er wurde eingestellt für Kost und Logis und einen winzigen Lohn. Ich war zwölf, als wir in eine kleine Mansarde unter dem Dach

zogen, die sich auf den Höfen der Druckerei befand.
Ab da begannen die schönsten Jahre meines Lebens. Ich liebte diese Stadt, die Studenten und die wichtigen Gelehrten, die man hier zu Gesicht bekam. Vor allem aber war die Liebe zu Büchern auch auf mich übergegangen.
Allerdings, ich war eben ein Mädchen. Mein Vater hatte mir an langen Abenden Lesen und Schreiben beigebracht, und nun schien er es zu bereuen. Als er mitbekam, dass mich Joseph, der Bäckerjunge und seine kleine Schwester wegen meiner roten Haare „Hexchen“ riefen, verbot er mir das Lesen und wurde wütend, wenn er mich mit einem Buch erwischte.
„Schlimm genug, dass sie dich wegen deiner Haare so nennen. Du solltest nicht auch noch gelehrig sein ...“
„Aber das ist doch nur Spaß“, wendete ich ein.
Doch mein Vater sah mich mit Grabesmiene an: „Wir können uns keinen negativen Eindruck leisten. Das weißt du.“

Seit einigen Jahren arbeitete er als Geselle in der Druckerei, aber seine Ersparnisse waren immer noch weit davon entfernt, eine Meisterprüfung ablegen und eine eigene Werkstatt eröffnen zu können. Abgesehen davon, dass eine weitere Buchdruckerei in Wittenberg kaum eine Chance besaß, legten die Handwerkerzünfte Konkurrenten, die nicht zu ihren Familien gehörten, Steine in den Weg, wo sie nur konnten. Dennoch hielt ich es für übertrieben, dass meine Haarfarbe oder meine Fähigkeit zu lesen, sich zusätzlich nachteilig auswirken sollte. Doch mein Vater hielt an seinen Befürchtungen fest.

Als er kurz darauf bemerkte, dass ich mir mein abgenutztes Kleid mit bunten Stoffresten flickte, um es zu verschönern, wetterte er:

„Lauf nicht rum wie eine Geächtete! Oder willst du auf dem Scheiterhaufen landen?

Du legst es drauf an, mir mein Leben zu ruinieren!"

Überrascht sah ich zu ihm auf. Bisher hatte es ihm immer gefallen, wenn ich aus dem Wenigen, was wir hatten, das Beste machte.

„Schmeiß das Kleid weg. Ich kaufe dir ein Neues!“

Das klang wie ein Befehl, den ich nicht verstand. Denn ein neues Kleid war nicht billig. Wortlos verließ er meine Kammer. Zum ersten Mal wurde mir eine Bitterkeit in seinem Wesen bewusst, die ich davor nie an ihm wahrgenommen hatte. Fühlte er sich langsam alt und verlor den Glauben an seine Träume?

Am nächsten Morgen stand plötzlich ein Schneider in meinem Zimmer und nahm meine Maße. Ich traute mich nicht, meinem Vater in die Augen zu sehen. Das würde sehr teuer werden, und irgendwie schien ich an dieser unnötigen Ausgabe Schuld zu sein.

2

Nach der Sache mit dem Kleid passte ich umso mehr auf, dass mein Vater mich nicht dabei erwischte, wie ich in dem neuen Medizinbuch las, das gerade in der Druckerei hergestellt wurde. Ich kehrte und wischte die Böden dort, hielt alles sauber und versuchte jede unbeobachtete Minute darin zu lesen.

In so einem mächtigen Werk musste es doch Antworten darauf geben, wie Mütter nicht bei der Geburt ihrer Kinder starben und kleine Kinder an Husten oder hohem Fieber. Drei Freundinnen hatte ich über die Jahre verloren. Und es hatte mich hilflos gemacht und gleichzeitig wütend.

Natürlich war es nur eine Frage der Zeit, dass mein Vater mir auf die Schliche kam. Das Buch war viel zu dick und meine Zeit in der Druckerei viel zu knapp.

„Das Buch musst du nicht abstauben“, dröhnte es unheilvoll hinter mir, sodass ich zusammenzuckte, mir der Besenstiel entglitt und auf den Steinboden polterte. Ich hatte ihn überhaupt nicht eintreten gehört. Wahrscheinlich, weil ich endlich bei den Themen angekommen war, die mich brennend interessierten.

„Hier steht, was man tun kann, damit eine Frau nicht bei der Geburt stirbt."

Ich nahm allen Mut zusammen, drehte mich um, sah meinem Vater in die Augen und las eine Mischung aus Resignation und Verzweiflung darin.

„Überlass die Medizin den Gelehrten."

„Aber es sind doch Hebammen, die ...", widersprach ich und hatte keine Ahnung, wo ich den Mut dafür hernahm.

„Setz dir bloß nicht in den Kopf, Hebamme zu werden. Dann ist dir der Scheiterhaufen sicher und du bist die längste Zeit meine Tochter gewesen."

Er hob den Besen auf und drückte ihn mir in die Hände. In seinem Blick lag eine unbekannte Härte, und ich wusste, dass er jedes Wort ernst meinte. Noch eine Weile stand ich regungslos da, während er längst den Raum verlassen hatte, und versuchte

zu verstehen, was eben passiert war.
Seine Angst, dass ich als Hexe verurteilt werden könnte, war unverhältnismäßig groß. Das ließ sich nicht allein mit meiner Haarfarbe oder ein paar Flicken auf dem Kleid erklären.
Außerdem waren Hebammen und Heilerinnen wichtig, und keine von ihnen wurde als Hexe angeklagt, weil sie anderen Menschen half. Nur, wenn sie nachweislich bösen Zauber anwandten.
Im Leben meines Vaters musste es ein Geheimnis geben, welches er tief in sich verschloss. Und es war nicht unwahrscheinlich, dass es irgendwie mit meiner Mutter zusammenhing. Doch meine Geburtsstadt und alle Menschen, die meine Eltern gekannt hatten, waren weit entfernt. Es war unmöglich für mich, irgendetwas herauszufinden.
Das Medizinbuch verschwand kurz darauf aus der Druckerei. Neue Bücher wurden in Auftrag gegeben. Ich ließ es sein, in ihnen zu lesen.

Aber das hatte weniger mit meinem Vater zu tun als mit den Leuten, die ich neu kennenlernte.

3

Wie jedes Jahr schickte Vater mich zur Erntezeit zu einer Bauernfamilie in der Umgebung von Wittenberg, damit ich bei der Ernte half und ein paar Vorräte für den Winter verdiente.
Agnes, die ältere Tochter der Familie Mühlenbach, die hauptsächlich Weizen anbauten und eine Mühle besaßen, war sechzehn wie ich, und wir verstanden uns auf Anhieb. Sie ging mit der Heugabel um wie ein Kerl und ihr Lachen dröhnte über die Felder. Ihr strenger Vater schalt sie oft, aber das machte ihr überhaupt nichts aus.
Sie hatte einen großen Bruder – Johannes – und eine kleine Schwester – Irmel.
Johannes hatte dunkelblonde Locken und breite Schultern. Er war kaum größer als ich, aber um einiges kräftiger. Immer, wenn er in der Nähe war und sich unsere Blicke trafen, lächelte er mich an, und ich spürte, wie mir die Röte ins Gesicht stieg.
Agnes entging das natürlich nicht. „Haha,

sie hat ein Auge auf meinen dummen Bruder geworfen“, rief sie, sodass es jeder im Umkreis hören konnte, und mein Gesicht färbte sich noch dunkler. Johannes tat so, als ob er davon nichts mitbekam, und dafür war ich ihm dankbar. Die kleine Irmel tippelte den ganzen Tag um uns herum und löcherte Johannes mit lauter Fragen zu jedem erdenklichen Thema. Ich hörte gern zu, wenn er sie geduldig beantwortete und staunte, woher er nur all das Wissen und die Fantasie nahm. Einige seiner Geschichten waren so schön, dass ich wünschte, die Welt wäre so, wie er sie beschrieb.

Oft sah er nachdenklich aus, als würde er durch die Dinge hindurchsehen und gar nicht richtig anwesend sein. Dann wieder trieb er mit seiner kräftigen, vollen Stimme alle auf dem Feld zur Arbeit an und begann laut zu singen. Er war irgendwie still und wild zugleich. Aber vor allem war er klug. Ich konnte mir nicht vorstellen, dass er sein Leben als Bauer verbringen würde. Für ihn war sicher ein anderes

Leben vorgesehen, auch wenn ich keine Vorstellung besaß, was für eins.

„Ich konnte nicht schlafen heute Nacht. Da habe ich aus dem Fenster geschaut, und wisst ihr, wen ich gesehen habe? Die alte, hässliche Frau von dem Haus hinterm Hügel. Sie kam aus dem Wald und ihre Augen glühten, als wenn sie der Teufel wäre, wirklich wahr!“, erzählte Irmel eines Tages.

„Red keinen Unsinn, Dummkopf“, schalt Agnes sie sofort. „Du wärst schon längst bei den Engeln, wenn sie dir nicht Kräutertee gemacht hätte und die Umschläge aus Kräutersud, als du an deinem Husten fast erstickt bist.“

„Na und, trotzdem“, beharrte Irmel, verschränkte trotzig die Arme vor der Brust, und Agnes gab ihr eine Kopfnuss.

So erfuhr ich von Anna Weber, einer Witwe, die am Rande des Dorfes auf einem armseligen Gehöft wohnte. Ich begriff, dass Irmel nur Schauermärchen weiterplapperte, die sie irgendwo aufgeschnappt hatte. Man mied die alte

Frau, weil sie wunderlich war und mit dem Scharfrichter Umgang pflegte. Ihre zwei ältesten Söhne waren fortgegangen. Nur der Jüngste bestellte den kargen Acker, so gut es ging. Zudem wurden ihr magische Fähigkeiten nachgesagt.
Natürlich ließ mich die Information, dass die Witwe sich mit Kräutern auskannte, die schlimmes Fieber und Husten heilten, nicht los.
Bisher hatte ich Anna Weber nur aus der Ferne gesehen. Doch als ob ihr neues Wissen über sie ein unsichtbares Band zwischen uns herstellte, traf ich sie einige Tage später auf dem Heimweg in die Stadt am Wegesrand, wo sie tief gebückt ein paar Kräuter einsammelte. Erst hörte ich nur ein Rascheln und dachte, es wäre ein Tier. Und dann sah ich sie mitten in einem wild wuchernden Pflanzenteppich hocken und blieb wie angewurzelt stehen. Sie sprang auf und wollte weglaufen. Sie war es gewohnt, dass man sie mied oder verscheuchte. Aber unsere Blicke trafen sich. Die Art wie sie mich ansah,

verursachte mir eine leichte Gänsehaut. War sie vielleicht wirklich eine ... Nein, so ein Blödsinn. Sie war nur eine einsame, gebeugte Frau, die sich mit Kräutern auskannte. „Guten Tag, ich bin Ranja. Ich würde gern wissen, was das ist?“, sagte ich und wies auf das grüne Bündel in ihrer schmutzigen Hand, das sie gerade ausgerissen hatte.

„Thymian.“ Sie hielt es mir mit leicht zitterndem Arm unter die Nase.

Dann tat sie es in ihren Korb. Ich zeigte auf eine andere Pflanze darin: „Und das?“

„Bärlauch.“ Sie erklärte mir jede Pflanze. Immer nur den Namen mit einem Wort, dann zerrieb sie ein Blatt und hielt es mir jedes Mal unter die Nase.

Zwischendrin starrte sie mich immer wieder mit einem unheimlichen Blick an und murmelte etwas, was ich nicht verstand. Nur am Ende sprach sie einen ganzen Satz: „Und jetzt geh nach Hause, Mädchen. In dir schlummert etwas, das nicht geweckt werden sollte.“

Sie drehte sich ohne eine weitere Erklärung um und stapfte durch den Wald davon.
Ich war durcheinander. Einerseits fühlte ich mich glücklich, weil sie mir mit ihrer kleinen Einführung in die Kräuterkunde eine Welt eröffnete, die mich faszinierte. Andererseits machten mir ihre Art und ihre Worte Angst. „Ach was“, versuchte ich mich auf dem Heimweg selbst zu beruhigen. „Sie ist nur eine seltsame Frau.“
Ich nahm mir vor, sie zu besuchen, weil ich mehr über Heilpflanzen erfahren wollte.

4

Als ich das erste Mal bei ihr klopfte, zeigte ihr Gesicht kein bisschen Überraschung. Eher machte sie den Eindruck, als hätte sie bereits auf mich gewartet. Wissbegierig saugte ich alles auf, was sie mir über die verschiedenen Gewächse im Wald verriet und wie man sie bei diversen Gebrechen anwenden konnte. Es war nur ein kleiner Umweg, und ich achtete penibel darauf, dass niemand etwas von meinen Besuchen bei ihr erfuhr. Ich half Anna bei allem, wo sie Hilfe benötigte, und sie gab mir ihr gesamtes Wissen weiter.
Bald sammelte ich selbst wilden Thymian, Brennnesseln und Minze und begann die Kräuter in meiner kleinen Kammer auf dem Dachboden zu bündeln und an Bindfäden aufgehängt zu trocknen.
„Was tust du da?“, überraschte mich mein Vater eines Tages. Ohne anzuklopfen stand er plötzlich in meiner Kammer.
Mir blieb keine Zeit, meine winzige

Apotheke hinter einem Tuch zu verstecken. Selbstbewusst trat ich ihm entgegen:
„Ich sammle Kräuter im Wald, die wir uns beim Bader nicht leisten können, und hänge sie zum Trocknen auf."
Daran war nichts Verbotenes. Und er wusste es. Aber er verlangte, womit ich gerechnet hatte, sobald er davon erfuhr. „Schmeiß das Zeug weg. Der Anfang einer Anklage zur Hexerei sind Gerüchte!"
„Dein Meister war selbst einmal Apotheker, und niemand munkelt, er könnte ein Hexer sein", widersprach ich.
„Er ist auch ein wohlhabender Mann", antwortete mein Vater. „Und er hat keine roten Haare", gab er hinterher. Dann verließ er die Kammer und knallte die Tür mit einer solchen Wucht zu, dass ich glaubte, der Türrahmen würde bersten.
Resigniert schüttelte ich den Kopf und trauerte um den Vater, der mich mit Begeisterung Buchstaben und Zahlen gelehrt hatte, als ich sechs Jahre alt gewesen war. Es gab ihn nicht mehr.

5

Es war einige Monate später, an einem kalten Februartag, als ich mir selbst zum ersten Mal unheimlich wurde.
Die übertriebene Sorge meines Vaters erhielt plötzlich einen beunruhigenden Beigeschmack. Und ich fragte mich, ob er schon lange etwas ahnte, das mir selbst jetzt erst bewusst wurde?

Der Winter kam in diesem Jahr früh. Bereits im November sanken die Temperaturen weit unter null und die Felder waren dick verschneit. Nach wie vor trocknete ich heimlich Kräuter in der Schublade, doch im Winter war es schwierig, aufs Land hinaus zu gehen, um Anna Weber einen Besuch abzustatten.
Erst im Februar ergab sich eine gute Gelegenheit. Wir brauchten Korn, um über die letzten Winterwochen zu kommen. Ich sollte bei den Mühlenbachs nach Mehl fragen und dafür anbieten, im

Frühling bei der Aussaat zu helfen. Vater ließ mich also gehen.

Die alte Witwe konnte ihre Freude nicht verbergen, auch wenn sie mich mit einem bedauernden Gesicht und den Worten begrüßte: „Armes Kind, du solltest nicht herkommen. Nein, du solltest das nicht. Armes Kind. Armes Kind. Du gehst auf heißem Eisen.“

Ich schenkte ihren Sprüchen keine besondere Beachtung. Anna war wunderlich, aber deshalb noch lange keine Hexe.

Sie war eine schicksalsgeprüfte Frau, die ihren Mann zu früh verloren hatte, von ihren beiden älteren Söhnen im Stich gelassen worden war, und nur Kuntz, der Jüngste, war geblieben.

Kuntz jedoch war taub und konnte nicht sprechen, sondern nur krächzende Laute von sich geben.

Anna Weber ernährte sich und ihn mit ihrem Kräuterwissen, auch wenn die Frauen der Umgebung nur heimlich in der Dämmerung kamen, um getrocknete

Kräuter und Tinkturen bei ihr zu kaufen. Dankbar nahm sie etwas Mehl und einige Äpfel entgegen, wovon mir die Mühlenbachs reichlich mitgegeben hatten. Es war lustig gewesen, Agnes und Irmel wiederzusehen. Aber ich hatte besonders auf Johannes gehofft. Fast jeden Tag dachte ich an ihn. Doch leider war er nicht im Haus gewesen.

Anna Weber und ich tranken schweigend zusammen einen köstlichen Tee aus Wildblüten. Die Hände der Witwe zitterten. Das war mir letzten Sommer noch nicht aufgefallen.

Der Himmel färbte sich bereits rosa. Tatsächlich würde ich mich beeilen müssen, um vor der Dunkelheit wieder zu Hause zu sein. Anna Weber ließ sich nicht davon abbringen, mir ein Säckchen Wildblütentee und einen Bund getrocknete Kamille mitzugeben, obwohl ihre Vorräte fast aufgebraucht waren.

„Geh mit Gott, mein Kind. Vor uns liegen schwere Zeiten", verabschiedete sie sich.

Lächelnd sah ich über ihre Grabesmiene hinweg und gab ihr einen Kuss auf die Wange.

6

Eilig stapfte ich den Weg entlang. Ich wollte das Waldstück hinter mich bringen, bevor es stockdunkel wurde. Der Schnee knirschte unter den Füßen.
Als ich bemerkte, dass die Geräusche nicht allein von meinen Schuhen kamen, fuhr mir der Schreck durch alle Glieder. Da waren Schritte hinter mir. Und sie näherten sich schnell.
Soweit ich wusste, hatte es länger keine Überfälle mehr in der Gegend gegeben. Trotzdem war es gefährlich, am Abend allein durch den Wald zu gehen. Es wird nur jemand sein, der es eilig hat, in die Stadt zu kommen, versuchte ich mich zu beruhigen und drehte mich um.
Da war die Person auch schon auf meiner Höhe und packte mich an der Schulter. Vor mir stand Johannes, mit geröteten Wangen und leicht außer Atem.
„Ranja“, sagte er und jagte mir einen Stich durch die Brust. Es war das erste Mal, dass

er meinen Namen aussprach.
„Du hast mich erschreckt!“, stieß ich hervor, während mein Herz vor Aufregung und Freude raste.
„Was läufst du auch um diese Zeit allein durch den Wald!“ Er klang wütend.
„Was geht es dich an?“, gab ich schnippisch zurück.
„Ich bring dich nach Hause. Komm.“ Sein Ton duldete keinen Widerspruch.
„Was?“ Verwirrt sah ich ihn an und rührte mich kein Stück von der Stelle.
„Ranja.“ Er sah mich so eindringlich an, dass mir schwindelig wurde. „Ich will nicht, dass du weiter zur Weber gehst. Versprich mir, dass du es nicht mehr tust. Versprich es mir. Jetzt!“
Johannes wusste also von meinen Besuchen. Das hieß, er hatte mich beobachtet. Und er sorgte sich um mich, wollte mich beschützen. Sein Blick war ernst. Ich schuldete ihm eine Antwort. Doch ich sah ihm einfach nur immer weiter in die Augen.

Etwas geschah zwischen uns, rastete ein, fügte sich zusammen. Vorsichtig nahm er meine Hände und zog mich zu sich heran, bis ich seinen Körper an meinem spürte. Ich ließ es geschehen, schlang meine Arme um seine Schultern. Und dann küsste er mich. Und ich küsste ihn. Ich küsste zum ersten Mal einen Mann. Und es war nicht irgendein Mann. Es war Johannes. Johannes, von dem ich schon öfter geträumt hatte, aber ich hatte die Träume immer wieder weggeschoben. Niemals würde mein Vater eine Verbindung mit einem Müllerssohn dulden. Zu sehr war sein Leben darauf ausgerichtet, sich nach oben zu arbeiten. Sicher würde er einen Kuss in der Dämmerung mit Johannes weitaus schlechter aufnehmen, als einen Besuch bei der alten Weber, würde er jemals etwas davon erfahren.
Auf einmal schob Johannes mich ein Stück von sich weg und ich sah, dass sein Gesicht rot glühte.

„Dein Atem ist heiß wie Feuer“, stellte er fest. Im ersten Moment glaubte ich, er sagte das aus Leidenschaft. Aber er klang überrascht. „Hast du Fieber?“
„Nein, ich fühle mich gut“, antwortete ich wahrheitsgemäß und bekam einen Schreck, als ich meine Hände von seinen Schultern nahm.
Meine Handinnenflächen glühten und das Fell auf seinem Überwurf war angesengt, als wäre es mit zu großer Hitze in Berührung gekommen.
„Oh mein Gott, Ranja“, flüsterte er. In seiner Stimme lag Verlangen, Entsetzen und Furcht zugleich. „Du hast Fieber.“ Er wollte, dass es Fieber war, obwohl klar war, dass es kein Fieber sein konnte.
„Versprich mir, dass du nicht mehr zu ...“
„Ich verspreche es“, unterbrach ich ihn hastig und schluckte an der Angst, die in mir aufstieg. Es war nicht die Kälte, sondern mein Atem, der das Gesicht von Johannes unnatürlich gerötet hatte, und es waren meine Hände gewesen, die seinen Pelz versengt hatten.

Daran bestand kein Zweifel. Zudem war um meine Stiefel der Schnee getaut und hatte eine Pfütze gebildet. Wir liefen ein paar Schritte und der Schnee schmolz unter meinen Schritten, sodass das Gras hervorkam. Ich sah es und ich wusste, dass Johannes es auch sah, aber er sagte nichts. Schweigend gingen wir nebeneinander her. Erleichtert spürte ich, dass die Hitze in meinem Körper allmählich nachließ und Kälte in meine Fingerspitzen kroch. Eine extreme Anspannung fiel von mir ab. Was immer das war, es hörte auf.
Wir ließen den Wald hinter uns und ich riskierte einen flüchtigen Blick auf meine Fußspuren. Gott sei Dank, alles wieder normal, der Schnee schmolz nicht mehr unter meinen Schritten.
Johannes blieb stehen, nahm meine Hände und rieb sie zwischen seinen.
„Es ist vorbei“, flüsterte ich. Er atmete lange aus, als hätte er die ganze Zeit die Luft angehalten. Ich forschte in seinen Augen, versuchte seinen rätselhaften Blick zu deuten.

„Anna Weber ist nicht schuld daran“, versicherte ich ihm.
„Ich weiß“, antwortete er.
Er ließ meine Hände los. Schweigend liefen wir Richtung Stadt. Ich wollte nur eins: ewig so weiterlaufen, mit ihm.
Aber wir näherten uns unaufhaltsam der Stadtmauer.
Ein Stück entfernt vom Stadttor blieben wir stehen. Ich wünschte mir nichts mehr, als dass Johannes mich noch einmal küssen würde. Doch natürlich tat er es nicht. Hier waren Leute, die einen von uns vielleicht kannten.
„Pass auf dich auf, Ranja. Wir sehen uns im Frühling auf den Feldern“, sagte er.
Ich nickte nur stumm und spürte, wie eine allumfassende Traurigkeit Besitz von mir ergriff. Frühling – das klang so ewig weit weg. Und ich befürchtete, dass das Unerklärliche, was vorhin mit mir passiert war, ihn abgeschreckt hatte.
„Tut mir leid“, flüsterte ich, als müsste ich mich dafür entschuldigen.
„Nein Ranja, das muss es nicht. Du bist

etwas Besonderes und ...“, er blickte zu Boden, „... ich liebe dich. Auch wenn unsere Chancen denkbar schlecht stehen.“
Ruckartig drehte er sich um und lief mit ausholenden Schritten hinaus auf die Felder.
„Johannes ...“, rief ich ihm hinterher. Er blieb noch einmal stehen und winkte: „Auf bald, Ranja!“
Regungslos stand ich da, bis ich ihn nur noch als kleinen dunklen Fleck in der von einem vollen Mond beschienenen Schneelandschaft ausmachen konnte. Meine Hände waren inzwischen fast zu Eis gefroren, aber ich wagte es nicht, sie unter den Umhang zu nehmen, aus Angst, sie würden wieder abnorm heiß werden. Gleichzeitig wusste ich, dass ich mein Versprechen nicht halten würde.
Ich konnte Anna Weber nicht im Stich lassen.

7

Mein Vater bedachte mich mit einem seltsamen Blick, als ich Weizen, Mehl und Äpfel auspackte.
„Du kommst spät“, bemerkte er.
„Es war schön, Agnes wiederzusehen“, antwortete ich. Er brummelte nur ein „Hm“, setzte sich in den Stuhl neben dem Feuer und vertiefte sich wieder in sein Buch.
Ich lag noch lange wach, während der Vollmond durch das kleine Fenster neben mir schien. Johannes hatte mich geküsst. Ich konnte es nicht fassen. Noch heute früh war er so unerreichbar wie der Himmel gewesen, und nun ...
Mehrmals befühlte ich meine Lippen, als würde sein Kuss dort noch ruhen. Leider legte sich die Erinnerung an meine seltsame Hitzeattacke wie ein Schatten darüber. Wenn ich nur gewusst hätte, was sie bedeutete. Bekam ich vielleicht eine schwere Krankheit? Doch etwas in mir

war klar, dass es keine Symptome einer Krankheit sein konnten. Vielmehr war es ... Zauberei. Eine Gänsehaut zog sich über meinen gesamten Körper.
Schnell schüttelte ich den Gedanken ab und dachte lieber an Johannes' Berührungen und wie er mich geküsst hatte.
Irgendwann schlief ich endlich ein und träumte von einem Wald aus blühenden Kirschbäumen, die einen betörenden Duft verbreiteten.
Unter ihren Blütenkronen kam mir Johannes entgegen, lächelnd.

Gefährliche Zeichen

8

Der Frühling kam schneller als erwartet, viel schneller, und er war nicht zart und frisch wie gewohnt, sondern spie heißen Atem über das Land, als hätte er den Winter in der Wüste verbracht.

Einen knappen Monat war es her, dass ich Johannes geküsst hatte. Wir hatten Anfang März und die Sonne schien warm wie im Juni. Schneelawinen krachten von den Dächern und das Wasser floss in Bächen die Wege entlang.

Das würde einen ordentlichen Morast geben, in dem die Fuhrwerke reihenweise

steckenblieben. Die Menschen waren ausgelassen, genossen die sommerliche Wärme und hatten fast alle ein Lächeln auf den Lippen.
Innerhalb von drei Tagen war vom Winter überhaupt nichts mehr zu sehen. Die Knospen an den Ästen und Büschen sprangen auf, als gelte es, einen Wettbewerb zu gewinnen. Überall begannen weiße, zartgelbe und hellblaue Frühjahrsblumen zu blühen.

Heute war endlich der Tag, an dem ich mich offiziell auf den Weg machen konnte, um Agnes' Familie bei der Aussaat zu helfen.
Und auch Anna Weber wollte ich wiedersehen. Im Februar hatte ich die alte Witwe noch zweimal am frühen Morgen besucht und ihr Essen gebracht, das ich von unseren Vorräten abzweigen konnte, ohne dass mein Vater Verdacht schöpfte. Johannes hatte davon hoffentlich keinen Wind bekommen.

Zum Glück hatte sich mein extremer Hitzeanfall nicht wiederholt und verblasste in meiner Erinnerung. Ich redete mir ein, dass alles wohl nur Einbildung oder eine Verkettung von seltsamen Umständen gewesen war.
Mein Vater sah mich skeptisch an, während ich mir singend einen kleinen Laib Brot und ein Stück Käse als Proviant in ein Tuch band.
„Warum bist du so übermütig?“, fragte er mit rauer Stimme, kniff dabei die Augen zusammen und forschte in meinem Gesicht.
„Der Frühling. Ist er nicht schön dieses Jahr?“, sagte ich und strahlte ihn an.
Er wandte den Blick ab und brummelte:
„In der Druckerei sieht man ihn nicht.“
Dann verließ er ohne ein weiteres Wort die Stube.
Ein Schatten legte sich auf meine ausgelassene Stimmung. Mein Vater war mit den Jahren immer ernster geworden. Warum sah ich ihn kaum noch unbeschwert oder lachend?

Er könnte sich eine neue Frau nehmen. Schließlich war mein Vater gut gebaut und kräftig, besaß ein ebenmäßiges Gesicht und klare Augen. Außerdem war er fleißig und klug. Ich konnte mir nicht vorstellen, dass es kein Interesse an ihm gab. Oder wartete er, bis ich aus dem Haus gegangen war?

Sofort dachte ich an Johannes. Gern würde ich mit ihm ein neues Leben beginnen – wenn mein Vater mich nur ließ. Wahrscheinlicher war jedoch, dass ich mit Johannes durchbrennen und meinem Vater das Herz brechen musste, damit aus uns etwas wurde. Stopp, rief ich mich zur Ordnung. Ich wollte diesen verheißungsvollen Tag nicht an solche Gedanken verschwenden. Heute würde ich Johannes wiedersehen. Und alles andere würde sich schon fügen.

Erneut begann ich, mein Lied zu summen.

9

Schon von Weitem entdeckte ich Johannes, wie er zusammen mit seinem Vater die Furchen auf dem Acker zog. Seine Mutter ging mit Agnes und Irmel hinterher, um die Körner in die Erde zu bringen.

Er nickte mir zu, als würden wir uns nur flüchtig kennen. Anders war es in der Situation mit den anderen leider nicht möglich. Trotzdem machte mein Herz einen erwartungsvollen Hüpfer.

Irmel plapperte munter den ganzen Tag auf mich ein. Zur Mittagszeit saßen wir im spärlichen Schatten unter einem Baum, der bereits winzige Blätter ausgetrieben hatte, und aßen unsere Brote. Nicht nur mir lief der Schweiß die Schläfen entlang. Das gleiche konnte ich bei den anderen beobachten. Es war so heiß wie an einem Tag im August.

Johannes diskutierte mit seinem Vater über die zu erwartende Ernte.

Er prophezeite, dass sie bei diesem Frühlingswetter üppig ausfallen müsste. Ab und an erhaschte ich einen Blick von Johannes und sah, dass ein kleines Lächeln um seine Mundwinkel spielte.

Agnes stieß mich in die Seite, während sie herzhaft in ihr Brot biss.

„Mein dummer Bruder verschlingt dich ja förmlich mit den Augen."

Das war natürlich übertrieben. Aber es freute mich trotzdem.

„Guck mal, die alte Hexe. Sie beschwört schon wieder ihren Acker." Irmel sprang auf, zeigte Richtung Waldrand und lief ein paar Schritte.

Das Ackerland der Mühlenbachs grenzte an den Acker der Webers und wir befanden uns ganz in der Nähe.

Ich beobachtete, wie Anna über ihr Land schlurfte und sich hier und da bückte, während Irmel die ganze Zeit mit dem Finger auf die alte Frau zeigte. Sie säte nichts aus, sondern zupfte nur hier und da etwas aus und warf es weg.

„Red keinen Unsinn!“, wies Irmels Mutter sie zurecht.
„Aber sie ist eine Hexe! Alle im Dorf sagen es.“ Irmel fing sich eine Backpfeife ein und jammerte.
Als die Sonne endlich hinter den Bäumen verschwand, waren meine Kleider komplett durchgeschwitzt, meine Beine taten weh und mein Gesicht glühte von einem Sonnenbrand. Ich hatte keine Kraft mehr nach Hause zu gehen und würde mit Agnes und Irmel auf dem Heuboden schlafen.
Johannes blieb mit seinem Vater bis zum Abend auf den Feldern. Wir saßen allein in der Küche und aßen dicke Maissuppe mit Speck.
Später legte ich mich mit Agnes und Irmel ins Heu und sogleich fielen mir die Augen zu. Ich musste die Hoffnung aufgeben, Johannes noch zu treffen. Agnes und Irmel waren, kaum dass sie es sich bequem gemacht hatten, eingeschlafen.
Kurz darauf fiel ich ebenfalls in einen tiefen Erschöpfungsschlaf.

10

Entsetzt riss ich die Augen auf und starrte in die Dunkelheit. Es war mitten in der Nacht. Jemand lag neben mir und hielt mir den Mund zu.

„Pssst", flüsterte es dicht an meinem Ohr. Johannes!

Ich erkannte ihn nicht an seiner Stimme, sondern an seinem Geruch. Sofort wurde die Erinnerung an unseren ersten Kuss wieder lebendig. Behutsam nahm ich seine Hand von meinem Mund und drängte mich an ihn, doch er hielt mich auf Abstand, griff nach meinem Arm, legte einen Finger an seine Lippen und dann schlichen wir uns die Treppe hinunter und hinaus ins Freie. Auf einer Anhöhe ein Stück hinter der Scheune setzten wir uns ins Gras. Die Luft war lau wie in einer Sommernacht.

„Johannes", hauchte ich, lehnte mich an seine Brust und lächelte zu ihm hinauf. Doch sein Gesicht zeigte im hellen Schein

des Mondes keine Regung.
„Du hast dein Versprechen gebrochen, Ranja“, sagte er ernst.
Ich seufzte und nahm wieder etwas Abstand. Wir hatten uns so lange nicht gesehen. Warum fing er als Erstes damit an? War seine Sehnsucht denn nicht genau so groß wie meine?
„Weil es ein blödes Versprechen war. Anna Weber braucht Hilfe. Kaum einer kümmert sich um sie. Sie ist alt und ...“
„Ranja ... hör auf!“ Johannes packte mich an den Schultern. „Du darfst nicht mehr zu ihr gehen, hörst du. Es gibt Gerüchte.“
„Dass sie eine Hexe ist?“ Ich lachte auf, doch Johannes' Miene wurde noch ernster.
„Der Winter war hart. Zwei Kinder, die Arznei von ihr bekommen haben, sind gestorben. Man gibt ihr die Schuld ...“
„Aber das ist doch ...“, brauste ich auf.
„Natürlich ist das Unsinn. Das wissen wir beide. Aber es ist zu gefährlich, dass ausgerechnet du ...“
„Nur wegen meiner Haare?“
„Nicht nur ...“

Sofort sah ich seine versengte Weste vor mir und den Schnee, der einfach unter meinen Schuhen geschmolzen war, und ich forschte in Johannes' schönem Gesicht.
„Du denkst, du glaubst ... Hast du jemandem erzählt, dass ..."
„Nein, Ranja. Aber du bist klug und die Leute reden darüber, dass ihr Fremde in der Stadt seid, dass du keine Mutter hast, dass eure Vergangenheit ein Geheimnis ist, dass ihr aus keiner Handwerkerfamilie stammt und trotzdem ..."
„Schon gut, ich weiß ..." Meine freudige Stimmung war verflogen. Bekümmert starrte ich auf meine Fußspitzen.
„Außerdem hat sich herumgesprochen, dass du bei den Webers ein- und ausgehst."
Überrascht sah ich zu Johannes auf. „Aber wie das? Niemand hat mich gesehen!"
„Ranja, du weißt, dass Annas Sohn nicht normal ist, aber hin und wieder versteht man eben doch, was er vor sich hinkrächzt, wenn er durch das Dorf läuft."

„Wirklich? Aber ...“

„Du darfst nicht mehr hingehen, Ranja, bitte!“

Der Mond spiegelte sich in Johannes' Augen. Sie schimmerten dunkel und wunderschön. Ich entdeckte, dass sich auf seinem Kinn und die Wangen hinauf ein leichter Flaum gebildet hatte. Der war im Februar noch nicht da gewesen. Johannes sah dadurch männlicher aus und es machte ihn noch attraktiver.

„Ich habe mich so nach dir gesehnt“, flüsterte ich.

Endlich schlang er seine Arme um meine Taille und küsste mich erst auf die Stirn, dann auf die Augenlider, die Wangen und dann auf den Mund.

„Ich wünschte, ich wüsste, wie wir zusammen sein könnten!“

„Lass uns fortgehen, irgendwohin. Nach Italien oder so“, flüsterte ich hoffnungsvoll.

Er strich mir über die Wange und lächelte.

„Ach Ranja, was für eine schöne Vorstellung.“

Dann sah er mich auf einmal skeptisch an, kniff die Augen zusammen und musterte mich, als säße ein großer Käfer auf meiner Nase.

„Was ist?"

„Sag ... Ist alles in Ordnung mit deinen Augen?"

„Warum?"

„Deine Pupillen. Ich kann sie genau sehen. Sie leuchten golden, als würden sich zwei Kerzen darin befinden."

„Tatsächlich?"

Der Mond war hinter einem Wolkenband verschwunden. Eigentlich war es stockduster, doch ich konnte Johannes' Gesicht so gut erkennen, als leuchtete der Vollmond einer Sommernacht groß und orange über uns.

Johannes sagte nichts, sondern sah mich nur an. Ich schwieg ebenfalls. Wir beide wussten, dass etwas seltsam mit mir war. Es musste nicht ausgesprochen werden.

„Wir sollten schlafen gehen", schlug Johannes vor und erhob sich. „Morgen wird noch mal ein harter Tag. Besonders,

wenn es so heiß ist.“,
Ich nickte nur und erhob mich ebenfalls.
„Ich liebe dich, Ranja. Der Sommer wird auf unserer Seite sein.“
Er küsste mich noch einmal und dann verschwand er in der Dunkelheit, während ich die Stiege zum Heuboden hinaufkletterte und mich ins Stroh legte. Agnes schnarchte leise und Irmels Atem ging regelmäßig. Keiner von beiden hatte etwas bemerkt.
Beklommen starrte ich auf die Holzbalken über mir. Sie waren gut sichtbar, als würde irgendwo eine Kerze brennen. Das kam von meinen Augen und es machte mir Angst.

11

Am nächsten Tag arbeitete ich nur bis zur Mittagszeit, um danach noch den Heimweg zu schaffen. Agnes und Irmel verhielten sich normal mir gegenüber. Mit meinen Augen schien tagsüber alles zu stimmen.
Leider fand sich keine Gelegenheit, Johannes noch einmal zu sehen. Er arbeitete mit seinem Vater weit draußen auf dem Feld.
Zu gerne wäre ich noch bei Anna Weber vorbeigegangen. Doch diesmal würde ich mein Versprechen halten, auch wenn es mir in der Seele wehtat, die alte Frau zu meiden.

In der folgenden Nacht hatte ich einen seltsamen Traum. Ich schritt auf ein loderndes Feuer zu. Die Flammen zogen mich magisch an. Sorglos lief ich in sie hinein und ließ mich von ihnen einhüllen.
Sie verbrannten mich nicht, sondern

erfüllten mich mit wohliger Wärme. Ich schwebte durch sie hindurch wie durch einen Laubengang. An dessen Ende eröffnete sich eine Wiese, auf die klingende Blüten herabrieselten, als wären sie aus einer Märchenwelt. Bäume mit roten und weißen Baumstämmen und silbernen Blättern säumten die Wiese. Es sah unendlich schön aus.

Der Traum wiederholte sich in den nächsten Tagen und Wochen und stand in einem seltsamen Gegensatz zu den extremen Temperaturen und der Trockenheit, die seit März herrschten. Erst war die Freude über die ersten warmen Tage groß gewesen. Doch der Frühling in diesem Jahr war wie eine wunderschöne exotische Pflanze, die man bewundert, bis man langsam begreift, dass sie todbringend ist.

Die Sorge um die Saat auf den Feldern schlug in Angst um, als es auch vier Wochen später nicht regnen wollte. Unerbittlich brannte die Sonne auf die Erde und ließ die Halme vertrocknen, die

aus der Erde sprossen.
Ich schämte mich für meine Träume, die das Feuer feierten, während die ungewöhnliche Wärme Not über das Land zu bringen drohte.
In der letzten Nacht hatten mir hohe, kindliche Stimmen aus den Flammen zugewispert: „Du musst in das Feuer gehen. Geh in das Feuer und fürchte dich nicht. Denn wir werden da sein."
Es waren Stimmen, von denen ich wusste, dass sie mir nichts Böses wollten. Der Traum wirkte so real wie eine Anleitung, die ich in die Tat umsetzen sollte, doch das Ganze ergab keinen Sinn.

12

Auch die Mühlenbachs kämpften um die Saat auf ihren Feldern. Der Weizen war bereits gelb, obwohl die Pflanzen erst eine knappe Elle aus der Erde ragten.

Alle drei Tage wanderte ich hinaus und half mit, Wasser aus dem Fluss in Eimern auf die Äcker zu tragen. Die Mühlenbachs versuchten, wenigstens einen Teil der Pflanzen zu bewässern, denn die gesamte Fläche war unmöglich. Der Brunnen neben dem Haus gab kaum noch Wasser her. Nicht auszudenken, was geschah, wenn es weiterhin nicht regnete. Dann würde es im nächsten Winter eine Hungersnot geben.

Hin und wieder konnten Johannes und ich ein paar unbeobachtete Minuten im Wald genießen. Dann versuchten wir, die Sorgen zu vergessen und tauschten Zärtlichkeiten aus.

Ich fragte mich, ob ich ihm von meinen wiederkehrenden Träumen erzählen sollte,

aber ich wollte ihn nicht beunruhigen.
Der Acker der Webers lag brach. Sie hatten nichts ausgesät.
„Als hätte die alte Hexe es geahnt", munkelte man im Dorf.
„Das hat sie. Das hat sie", antwortete der eine oder andere überzeugt.
Die alte Anna und ihr Jüngster würden verhungern, dachte ich und entschied, dass ich einen Weg finden musste, um ihnen zu helfen. Ich wollte einen guten Moment abwarten und mit Johannes darüber reden, mit ihm zusammen eine Lösung finden. Doch dazu kam es nicht mehr.

Verwundert schaute ich meinen Vater an, als er am Sonntag kurz nach dem Kirchengang in meine Kammer trat und sagte: „Ranja, du hast Besuch."
Besuch? Ich? Wer konnte das sein? Zu mir kam sonst nie jemand.
Mein Herz schlug einen Purzelbaum, als ich in den Hof trat und dort Johannes stand. Nervös trat er von einem Bein auf das andere und fuhr sich mehrmals durch

seine blonden Locken, die die Sonne bereits stark gebleicht hatte.
Meine Gedanken rasten. Was war los? Erst gestern war ich bei den Mühlenbachs gewesen. Was konnte Johannes veranlassen herzukommen? Wollte er etwa mit meinem Vater reden? Über uns?
„Ich soll dich holen kommen, wenn es gestattet ist.“ Dabei schaute er zu meinem Vater, der mit verschränkten Armen neben mir stand.
„Die Tiere sind krank geworden. Irgendwas stimmt mit dem Wasser nicht. Irmel hat Fieber. Meine Mutter ist bei ihr. Derweil zieht der Acker das Wasser wie heißer Stein einen Regentropfen. Wir brauchen dringend Hilfe.“
Ich wandte mich meinem Vater zu. Seine Miene verriet nichts über seine Gedanken. Er nickte nur und sagte: „Dann geh, Ranja, und hilf.“
Schnell eilte ich nach oben in unsere Mansarde und packte etwas Brot, Wurst und Wasser ein.
Dann liefen Johannes und ich die engen

Gassen entlang.
„Was ist passiert, sag es! Ich meine, was ist wirklich passiert?“, wollte ich wissen.
Kurz vor der Stadtmauer bog er nicht Richtung Stadttor ab, sondern folgte der entgegengesetzten Gasse.
„Etwas Entsetzliches, komm schnell.“
Und schon sah ich es. Auf dem Rathausmarkt stand ein Fuhrwerk in einer aufgebrachten Menschenmenge. Darauf saßen zwei gebeugte Gestalten, die sich gegen die bösen Worte und den Abfall, der nach ihnen geworfen wurde, mit einer löchrigen Decke zu schützen versuchten.
„Oh mein Gott, Anna“, rief ich und schlug entsetzt die Hände vor den Mund. In der Nähe erkannte ich Leute aus dem Dorf.
Johannes zog mich in den Schatten einer Gasse, die von dem Platz wegführte.
„Jemand muss sie angezeigt haben. Sie haben sie heute früh abgeholt. Ich bin ihnen gefolgt.“
„Aber mit welcher Begründung?“
„Dass sie im Winter die Kinder mit Zaubertränken getötet hat. Und im

Frühling wurde sie angeblich dabei beobachtet, wie sie nichts ausgesät, sondern den Boden vergiftet hat ..."
„Aber das ist doch nicht wahr! Sie hat keine Kraft mehr, ihr Feld zu bestellen. Das ist alles!", rief ich empört. Johannes ermahnte mich, leiser zu sein, damit wir keine Aufmerksamkeit auf uns zogen.
„Natürlich ist es nicht wahr. Doch die Leute sind nervös, fürchten um ihre Ernte und ihr Leben. Nur der Teufel kann schuld daran sein. Jemand muss mit ihm im Bunde stehen. Und da man Anna Weber schon lange verdächtigt, kann nur sie es sein, die Teufelswerk betreibt und den Regen fernhält."
„Aber ..." Mir fehlten die Worte. Und es war ja auch unnötig, Johannes zu erklären, wie unfassbar dumm das war.
„Was sollen wir tun?"
Johannes sah mich traurig an.
„Wir können nichts tun. Nur beten und hoffen. Sie werden sie im Turm der Stadtmauer einkerkern und ihnen den Prozess machen."

„Sie werden sie ... foltern", sagte ich tonlos, und das Entsetzen verursachte ein schwammiges Gefühl in meinen Beinen.

„Die Hitze weicht allen das Hirn auf." Johannes erhob seine Faust wütend gegen den wolkenlosen Himmel, von wo die Sonne wie gewohnt auf uns niederbrannte.

„Dann ist Irmel gar nicht krank?", fragte ich hoffnungsvoll, nachdem wir uns abgewandt hatten und das Stadttor passierten. Kaum einer lief in unsere Richtung. Alles strömte in die Stadt. Wie ein Lauffeuer musste sich herumgesprochen haben, dass jemand wegen Hexerei angeklagt und der Übeltäter für die katastrophale Wetterlage gefunden worden war.

„Nein, Irmel geht es gut. Aber die Tiere. Das Wasser aus dem Brunnen scheint verdorben. Wir nehmen nur noch welches aus dem Fluss. Der Wasserstand ist allerdings so niedrig wie nie."

13

Kurz, bevor wir den Hof von Johannes' Familie erreichten, erwartete uns die nächste Katastrophe. Als wäre es nicht schon heiß und trocken genug, hatte man das Haus der Webers angezündet. Flammen schlugen aus dem Strohdach.
Sofort eilten wir hin. Johannes' Eltern und Agnes waren bereits dabei, das Wasser, das sie für die Felder vom Fluss hochgetragen hatten, zum Löschen zu verwenden. Der Brand war eine Gefahr, denn es war nicht nur knochentrocken, sondern auch windig und ihr eigenes Gehöft lag in unmittelbarer Nachbarschaft. Außerdem befand sich der Wald in der Nähe. Ein Waldbrand würde verheerende Folgen haben.
Natürlich hatten wir viel zu wenig Wasser, um das lichterloh brennende Haus zu löschen. Genau wie der Brunnen der Mühlenbachs gab der Brunnen der Webers nur noch braunen Schlamm her. Neu

gefüllte Eimer vom Fluss heraufzuschleppen, war mühselig und dauerte lange.
Verzweifelt versuchten wir, die Brandherde zusätzlich mit Decken und allem, was wir finden konnten, zu ersticken.
Ich stand in der Stube und schlug mit einem Läufer nach den Flammen, die wie ein kleines Meer über die Dielen züngelten. Doch er fing Feuer und brannte bald stärker als der Fußboden. Ohne nachzudenken, schleuderte ich ihn fort und begann, mit bloßen Händen nach den Flammen zu schlagen.
Es funktionierte.
Unter meinen Fingern zischte es. Sofort ging das Feuer an den Stellen aus, wo ich es berührte. Euphorisiert von meinem Erfolg griff ich nach jeder Flamme, die ich erwischen konnte, und vernichtete nach und nach alle Brandherde im Raum.
Als ich in den Nebenraum wollte, der zum Glück keine Tiere mehr beherbergte, stieß ich gegen Agnes, die mit offenem Mund

im Türrahmen stand und mir zugesehen hatte.
„Wie ... machst ... du .... das?“, stotterte sie.
„Keine Ahnung ... Hauptsache, es funktioniert. Lass mich durch.“
In der zweiten Stube schlugen die Flammen bereits höher. Doch ich brauchte sie nur zu berühren, damit sie verschwanden.
Als ich fertig war, hatte ich ein ganzes Publikum, das schweigend durch Fenster und Tür hereinsah.
„Was ist mit dem Dach?“, rief ich. Niemand antwortete mir. Agnes, Irmel, die Eltern: Alle starrten mich nur an.
Dann endlich kam Johannes.
„Das Dach ist nicht mehr zu retten, aber es raucht nur noch.“
Schnell merkte er, dass irgendwas nicht stimmte.
Agnes fand zuerst wieder Worte:
„Sie hat die Flammen gelöscht, mit ihren bloßen Händen.“

Ihr Vater trat hervor und packte mich derb

an den Handgelenken, besah sich die Innenflächen meiner Hände und meine Finger.
„Keine einzige Brandwunde."
Das stimmte. Sie waren nur rußverschmiert, sonst nichts.
Ängstlich wichen sie zurück. Irmel drückte sich an die Seite ihrer Mutter und fragte mit piepsiger Stimme:
„Ist Ranja auch eine Hexe?"
„Schweig!" Ihre Mutter gab ihr einen leichten Klaps auf ihren Mund.
Frau Mühlenbachs Unterlippe bebte und sie zwinkerte mit den Augen, als hätte sie etwas hineinbekommen. Sie straffte ihre Schultern, räusperte sich und bemühte sich um eine feste Stimme:
„Es tut mir leid, aber wir wollen dich hier nicht mehr sehen." Entschlossen drehte sie sich um und zog Irmel mit sich. Agnes' Augen waren geweitet. Ich sah, dass sie nach Worten suchte, doch sie fand keine, wandte sich ebenfalls ab und folgte ihrer Mutter, die ihre Eimer nahm und den Hof verließ.

„Komm, Johannes“, befahl sein Vater, der bemerkte, dass er keine Anstalten machte, ebenfalls zu gehen.
Johannes fixierte mich. Ich flehte ihn innerlich an, dass er vernünftig bleiben und sich nicht auf meine Seite stellen sollte.
Endlich gab er sich einen Ruck, wandte sich von mir ab und folgte seinem Vater.
Reglos stand ich in der verbrannt riechenden und aus allen Ritzen qualmenden Ruine der Webers und fühlte eine abgrundtiefe Verzweiflung.
Irgendwann machte ich mich auf den Heimweg, konnte mich, als ich zu Hause ankam, jedoch kaum erinnern, wie ich den Weg nach Hause zurückgelegt hatte.

14

Keine Ahnung, wie lange ich schon am Küchentisch saß und vor mich hinstarrte, als mein Vater den Raum betrat. Meine Kehle war trocken und meine Lippen aufgesprungen. Mein Magen rumorte, doch ich hatte keinen Hunger.
„Ranja“, sagte er besorgt und stellte mir einen Krug mit Wasser hin.
„Trink.“
Dann brachte er mir eine Schüssel und ein feuchtes Tuch, damit ich mir Gesicht und Hände waschen konnte, setzte sich neben mich und wartete geduldig, bis ich das Wasser ausgetrunken und den Ruß abgewaschen hatte.
„Was ist geschehen?“
„Das Haus neben den Mühlenbachs hat gebrannt“, berichtete ich.
„Das der Webers“, ergänzte er und sah nachdenklich aus dem Fenster. Ich nickte.
„Man hat sie wegen Hexerei angeklagt.“ Seine Stimme klang belegt.

„Ich weiß“, antwortete ich.
„Warum bist du nicht bei den Mühlenbachs geblieben?“
„Sie brauchen mich nicht mehr.“
„Hm“, machte er nur.
Dann schwiegen wir eine Weile. Mein Vater fragte nicht weiter, warum. Doch auf einmal griff er nach meiner Hand.
„Sieh mich an, Ranja“, sagte er.
Ich tat es. Draußen war es bereits dunkel und meine Augen tauchten das Gesicht meines Vaters in schwaches goldenes Licht. Er würde es bemerken, aber mir war alles egal.
„Deine Mutter, sie hatte auch dieses Leuchten in den Augen.“
Eine Gänsehaut zog sich über meinen Körper. So ruhig, wie er sprach, hatte er das mit meinen Augen schon lange bemerkt. Unwillkürlich hielt ich den Atem an, weil er von meiner Mutter sprach.
„Es ist wohl mein Schicksal, dass ich mein Leben mit Frauen verbringe, die über Zauberkräfte verfügen. Ich habe so gehofft, dass du ihr Erbe nicht antrittst.

Aber der Teufel ist mächtig, genauso wie Gott."
„Vater!", flüsterte ich erschrocken. Ich wollte mich gegen seine Worte wehren, mich rechtfertigen, aber im gleichen Moment wurde mir klar, dass es keine Ausrede gab und er die Wahrheit sprach. Trotzdem fühlte es sich überhaupt nicht so an, als wäre ich mit dem Teufel im Bunde.
„Ich träume jede Nacht vom Feuer, wärme mich darin, und es macht mir nichts aus. Es ist eine schöne Welt, die sich hinter dem Flammengang verbirgt, durch den ich jedes Mal erst laufe und dann fliege. Sie hat nicht im Geringsten etwas mit der Hölle zu tun. Das musst du mir glauben!"
Die Augen meines Vaters füllten sich mit Tränen.
„Genau dasselbe hat deine Mutter auch geschworen. Doch der Teufel ist schlau, sonst wäre er Gott kein würdiges Gegenüber."
„Vater", hauchte ich und begann am gesamten Körper zu zittern.

Er drückte meine Hand fester, sodass es wehtat.
„Ich habe mein Herz an Frauen verschenkt, die der Hexerei mächtig sind. Ich bin genauso verloren."
„Aber ..." Ich wollte so viel sagen, aufbegehren, widersprechen. Schon immer hatte ich die Leute während der Messe in der Kirche verstohlen beobachtet, gesehen, wie versunken sie waren, wie ergriffen sie die Lieder sangen. Ich dagegen hatte mich gefragt, wo Gott denn sein sollte, ob es ihn wirklich gab, warum er dann so viele schreckliche Dinge passieren ließ? Aber vielleicht war es genau das: Ich fühlte so, weil ich ein verlorenes Schaf der Herde war, dessen sich der Teufel bemächtigt hatte.
Nein, Ranja!, rief etwas in mir. An den Teufel glaubte ich doch noch viel weniger als an Gott!
„Was ist in Wahrheit mit meiner Mutter passiert, sag es mir endlich!"

Ich entzog ihm meine schmerzende Hand und sah ihn entschlossen an. Die Frage war keine richtige Frage, weil ich die Antwort bereits kannte. Mein Vater blickte in eine unbestimmte Ferne, dann sagte er:
„Du wurdest in Hamburg geboren und nicht in Eisleben. Deine Mutter hat man verurteilt, als du ein Jahr alt warst."
„Meine Mutter war ... eine H... ?"
Ich konnte nicht weitersprechen, weil mir die Offenbarung meines Vaters die Kehle zuschnürte. Meine Mutter und ich hatten also ein ganzes Jahr miteinander gelebt, wir stammten in Wahrheit aus Hamburg, und sie war eine Hexe gewesen. Das war zu viel auf einmal, um es zu verdauen. Sofort füllten sich meine Augen mit Tränen und ich schlug die Hände vor das Gesicht.
„Man hat sie nicht verbrannt, nein ... Sie ist bereits während des Hexenbades gestorben", fuhr mein Vater fort.
Ich hielt mir die Ohren zu, weil mir alles zu viel war, ich es nicht hören wollte und hörte es natürlich trotzdem.

Gleichzeitig ging mir durch den Kopf, was ich über die Anklage und Verurteilung von Hexen wusste. Der Beklagte erhielt die Möglichkeit, das Hexenbad zu erbitten, bevor er mit Streckbank oder Daumenschraube dazu gebracht wurde, ein Geständnis abzulegen. Dazu fesselte man ihm Hände und Füße und ließ ihn an einem Seil in einen Teich oder Fluss hinab. Handelte es sich um eine Hexe, schwamm sie oben, weil das Wasser das Böse abstieß. Sank der oder die Beklagte dagegen unter die Wasseroberfläche wie ein Stein, war er keine Hexe und wurde wieder herausgezogen. Manchmal zu spät, sodass die Opfer ertranken.

Mein Vater wartete geduldig, bis ich die Fassung einigermaßen wiedergefunden hatte.

„Aber wenn sie dabei ertrunken ist, dann war sie doch keine Hexe?“

„Ich weiß nicht, was sich genau abgespielt hat. Als man sie hochziehen wollte, hing sie nicht mehr am Seil. Und auch ihr Körper war verschwunden.

Tagelang wurde der Fluss abgesucht, aber sie blieb unauffindbar."
Obwohl meine Augen genug Licht verbreiteten, zündete mein Vater jetzt eine Kerze an und schenkte uns beiden einen neuen Becher Wasser ein.
„Viele Menschen, die auf dem Scheiterhaufen landen, sind unschuldig.
Ich denke, dass die meisten keinen Schimmer von Zauberei haben. Man verurteilte sie zu Unrecht. Doch deine Mutter, sie tat Dinge, für die es keine Erklärung gab. Sie legte fiebernden Menschen die Hand auf die Stirn und das Fieber verschwand. Sie rührte mit ihren Armen in Bottichen mit schmutzigem Wasser, und es wurde wieder klar wie aus einer Bergquelle. Sie brachte versandete Brunnen wieder zum Fließen."
Mein Vater schaute mich verloren an. Ich begriff, wie sehr es ihn zerriss, dass die Menschen, die er liebte, Hexenwerk betrieben.
„Aber das sind doch alles nützliche Dinge? Warum wurde sie dafür getötet?"

„Weil es unnatürlich ist, Ranja. Es ist unnatürlich!“ Mein Vater wurde laut, sodass ich zurückwich. Er sah es und fuhr gemäßigter fort: „Außerdem hat sie auch etwas Schreckliches getan. Sie war wütend, als man anfing, Gerüchte über sie zu verbreiten, obwohl sie den Menschen half.“

„Das ist verständlich“, warf ich ein. Mein Vater reagierte nicht darauf, sondern berichtete weiter: „Eines Abends lief sie hinunter zum Fluss, stellte sich auf die Brücke und beschwor den Himmel, bis sich ein starkes Unwetter zusammenbraute, das die gesamte Nacht anhielt. Unvorstellbare Regengüsse sorgten dafür, dass der Fluss über die Ufer trat und die Stadt überschwemmte.“

„Deshalb hat man sie angezeigt“, schlussfolgerte ich tonlos.

„Mehrere Leute haben dabei zugesehen, wie sie mit dunklen Mächten sprach und sich tiefschwarze Wolken zusammenzogen.“

„Hast du es geglaubt?“

Mein Vater antwortete nicht, sondern starrte nur vor sich hin.
„Sag mir, was bei den Mühlenbachs passiert ist“, verlangte er stattdessen.
Ich holte tief Luft und gestand ihm die Wahrheit:
„Ich habe die Flammen im Haus der Webers mit bloßen Händen gelöscht, und sie haben es gesehen.“
Um die Augen meines Vaters zuckte es.
„Hat Anna Weber dich gelehrt, mit Kräutern umzugehen?“
„Ja“, gab ich zu. Er rieb sich angestrengt die Schläfen und schwieg eine Weile. Dann sagte er:
„Du musst weg, Ranja. Du musst fortgehen von hier. Wir werden eine Möglichkeit finden.“
Ich senkte den Blick und nickte. Sofort dachte ich an Johannes. Niemals würde ich ohne ihn gehen, doch das sagte ich meinem Vater natürlich nicht.

15

In der folgenden Nacht veränderte sich etwas an meinem immer wiederkehrenden Traum. Ich flog nicht durch einen Feuergang, während Kinderstimmen mich lockten, sondern saß an einen mächtigen Pfahl gebunden auf einem quer daran befestigten Balken. Meine Beine baumelten knapp über einem Feuer aus aufgeschichteten Holzscheiten, während Flammen und Qualm mich einhüllten. Dahinter Geschrei und böse Rufe. Nah an meinem Kopf jedoch das vertraute helle Wispern: „Hab keine Angst und komm."

Ich spürte, wie ich emporgehoben wurde. Mein letzter Gedanke war, dass die Reise gen Himmel ging und nicht Richtung Hölle.

Und dann wachte ich mit einem Schrei auf und fand mich in meinem Bett wieder. Mein Herz schlug wie wild. Das war ein Scheiterhaufen.

Mehrmals spulten sich die Bilder des Traumes vor mir ab, während sich mein Puls langsam wieder beruhigte. Seltsamerweise waren sie nicht wirklich schrecklich. Ich empfand zwar Angst, aber nicht vor dem Feuer, sondern vor dem Unbekannten, das mich erwartete.
Was wollten mir diese Träume sagen? Zeigten sie mir die Welt nach dem Tod? Aber warum?
Ob meine Mutter von ähnlichen Träumen heimgesucht worden war?
Ich sank zurück ins Kissen, drehte mich zur Seite, fuhr jedoch sofort wieder hoch. Mein Bettbezug roch verbrannt und wies einige Löcher mit braun verkohlten Rändern auf. Zitternd riss ich den Bezug vom Kissen und stopfte ihn unter das Bett.
Lange Zeit blieb ich aufrecht in meinem Bett sitzen, starrte aus dem Fenster in den schwarzen Nachthimmel und wagte es nicht, mich noch einmal hinzulegen. Doch irgendwann übermannte mich der Schlaf.

Am nächsten Morgen wachte ich quer über dem Bett liegend auf und fühlte mich erstaunlich ausgeschlafen. Das Bettzeug war in Ordnung. Nur der zusammengeknautschte Kopfkissenbezug zeugte davon, dass ich mir das alles nicht eingebildet habe.

16

Die folgenden Tage verliefen ereignislos. Ich reinigte unsere Mansarde und die Druckerei, kümmerte mich um die Wäsche und machte ein paar Besorgungen. Es gab wenig auf dem Markt. Die Bauern handelten nur mit dem Nötigsten und versuchten, so viele ihrer Vorräte wie möglich zu behalten, da die Ernte in diesem Jahr bedroht war.
Ein paar Tage war der Himmel trüb, doch es fiel nur sehr wenig Regen, der den Durst der brüchigen Erde nicht stillen konnte. Einmal sah ich Agnes auf dem Markt, aber sie tat so, als ob sie mich nicht bemerkte. Geschäftig erhandelte sie ein paar Werkzeuge gegen Weizen und drehte mir den Rücken zu.
Die beunruhigenden Träume waren bisher nicht wiedergekehrt. Ich betete, dass es so blieb.
Seltsamerweise schwitzte ich nun jede Nacht, als wäre es unendlich heiß in

meiner Kammer, obwohl die Hitze von draußen nicht durch die dicken Mauern unseres Hauses dringen konnte. Doch mein Körper versengte zum Glück nichts mehr.

Jede Stunde dachte ich an Johannes. Ich wünschte mir so sehr, mit ihm reden zu können, musste wissen, ob er mit mir fortgehen würde. Gleichzeitig stieg mit jedem Tag, der verging, die Hoffnung, dass der Vorfall bei den Webers keine Folgen haben würde.

Mein Vater war schweigsam. Wir sprachen wenig, nur über nötige Dinge, die den Alltag betrafen, als wäre nie etwas geschehen. Ich zweifelte, ob er aktiv etwas unternahm, um mich irgendwo hinzuschicken.

Und dann war es endlich so weit. Ich sah Johannes wieder.

Den ganzen Tag war er in der Nähe meines Hauses umhergeschlichen und hatte wohl gehofft, dass ich es irgendwann verlassen würde.

Wir umarmten und küssten uns, voller Sehnsucht, ließen einige Minuten lang außer Acht, dass uns vielleicht jemand sehen konnte.

„Ranja, ich hab dich so vermisst. Auf dem Hof ist die Hölle los. Ich kann kaum weg. Wie geht es dir, meine Liebste?"

„Gut. Es geht mir gut. Was ist los bei euch?"

„Der Fluss hat kaum noch Wasser. Er treibt das Mühlrad nicht mehr an. Wir können kein Mehl mahlen. Die Ernte ist verloren, weil wir das Wasser den Schafen auf der Weide bringen müssen. Sie haben kaum noch etwas. Und Irmel ist jetzt wirklich krank. Sie hat hohes Fieber seit gestern."

„Oh Johannes, ich würde so gerne helfen. Du musst Irmel einen Sud aus getrockneter Weidenrinde geben. Das senkt das Fieber."

„Wo soll ich es herbekommen? Zu Anna Weber können wir nicht mehr gehen."

„Warte hier, ich habe genug davon vorbereitet."

Schon wollte ich loslaufen, doch Johannes hielt mich am Arm zurück.
„Ranja, bleib. Meine Mutter würde es sowieso nicht anwenden."
„Aber ..." Am liebsten wollte ich sofort zu Irmel und mich um sie kümmern. Es lag doch auf der Hand, was man tun musste.
„Lass, Ranja." Johannes klang resigniert. „Wir alle sind in Gottes Hand, schon immer gewesen."
Ich wollte widersprechen, biss mir aber auf die Lippen. Er hatte recht, ich konnte überhaupt nichts tun.
Johannes nahm mich wieder in den Arm. „Wie geht es dir?", fragte er erneut.
„Mein Vater will mich fortschicken, wegen meiner Augen und der Dinge, die mit mir passieren. Ich habe ihm alles erzählt. Und ..."
Ich zögerte. Sollte ich Johannes in das Geheimnis meiner Mutter einweihen? Würde er dann immer noch zu mir halten? Ich würde es nur herausfinden, indem ich ihm alles erzählte.
Johannes hörte aufmerksam zu. Er hielt

meine Hand und ließ sie die ganze Zeit nicht los. Als ich geendet hatte, sagte er: „Ich werde mit dir gehen, Ranja, sobald ich kann. Sobald die Not vorbei ist. Sobald Irmel wieder gesund ist, und ...“

„Danke, Johannes“, unterbrach ich ihn. „Ich werde auf dich warten, und alles wird gut werden, nicht wahr?!“

Er nickte und wir schlangen die Arme umeinander, so eng es ging und als wären wir Ertrinkende in einem Ozean, die wussten, dass nichts mehr gut werden konnte.

17

Als ich am selben Abend die Stube betrat, saß ein fremder Mann an unserem Tisch und Vater stellte ihm Brot und einen Krug hin.
„Das ist Burckhard“, stellte er ihn mir vor. „Du wirst mit ihm gehen, schon morgen früh.“
Mein Herz sackte ins Bodenlose.
„Seine Familie besitzt eine Meierei im Westfälischen. Es ist weit genug weg von hier und du kannst dich dort als Magd verdingen. Das ist besser als nichts.“
Ich stand nur da und starrte den Mann an. Er hatte ein breites, freundliches Gesicht, war klein und untersetzt und wirkte vertrauenserweckend.
„Iss etwas, dann packe deine Sachen zusammen und geh früh schlafen.“
Burckhard lächelte mir freundlich zu und sagte: „Ich warte kurz nach Sonnenaufgang vor dem südlichen Stadttor auf dich.“

Brav nickte ich, während ich auf einem Stück Brot kaute und es kaum hinunterbekam.
Zum Abschied legte er seine Hand auf meine Schulter. „Hab keine Sorge, Mädchen. Sind nette Leute."
Dann verabschiedete er sich, um im Wirtshaus zu übernachten.
Die wenigen Dinge, die ich besaß, waren schnell zusammengepackt. Vor dem Schlafengehen klopfte mein Vater noch einmal an meine Tür, nahm mich in den Arm und gab mir einen Kuss auf die Stirn.
„Es ist das Beste für uns alle", sagte er nur.
„Ich weiß."
„Ich wünsche dir Glück."
„Werden wir uns wiedersehen?"
„Gewiss, mein Kind. Gewiss ..."

Noch lange lag ich wach und suchte verzweifelt nach einer Möglichkeit, Johannes zu informieren. Vielleicht führte unser Weg an seinem Dorf vorbei. Vielleicht konnte ich Burckhard überreden, einen Umweg zu gehen.

Doch wie sollte ich mit Johannes reden, wenn seine Familie in der Nähe war?
Sie würden mich wegschicken. Aber vor allem würden sie von meinem Weggang erfahren und mit wem ich fortgegangen war.
Oder ich machte mich schon jetzt auf den Weg, Johannes schlief sicher bei den Knechten in der Scheune. Dann würde ich bis zum Sonnenaufgang zurück sein. Doch mitten in der Nacht durch den Wald? Das war zu gefährlich.
Wie ich es auch drehte, es gab keine Lösung. Wenn ich morgen mit Burckhard ging, würde ich Johannes wahrscheinlich nie wiedersehen.
Und was, wenn ich blieb? Wie sollte ich das meinem Vater erklären? Abgesehen davon, dass es mehr als unvernünftig war.

Mein Traum in dieser Nacht gab mir eine Antwort:
Du kannst deinem Schicksal nicht entfliehen, kicherten die Stimmen unbekümmert, während ich in einem Meer aus Flammen

tanzte. *Du wirst verbrennen, wenn du bleibst. Du musst durch das Feuer, sonst wird deine eigene Hitze dich niederstrecken wie eine Krankheit. Vertrau uns, Ranja,* sang es in meinen Ohren. Und ich wollte diesen Stimmen vertrauen, weil ich spürte, dass sie es gut mit mir meinten.

Mein Vater schlief noch, als ich in aller Frühe das Haus verließ. Burckhard wartete bereits am Tor.

„Ich danke dir, dass du mir geholfen hättest. Aber ich werde nicht mit dir gehen“, begrüßte ich ihn.

„So? Weiß denn dein Vater davon?“

Ich schüttelte den Kopf. Er rieb sich die Kinnpartie und musterte mich.

„Nein. Aber ... Ich kann nicht. Ich kann einfach nicht. Er wird es verstehen. Und wenn nicht ...“

„Ich habe deinem Vater ein Versprechen gegeben“, begann er und machte einen Schritt auf mich zu, als wollte er mich am Arm nehmen.

„Gute Reise“, beeilte ich mich zu sagen,

drehte mich um und rannte davon, damit er mich nicht aufhalten konnte.

Den ganzen Tag trieb ich mich in der Stadt herum, weil ich hoffte, Johannes zu treffen, aber ich hatte kein Glück.
Gegen Abend klopfte ich zaghaft und hungrig an die Tür meines Zuhauses. Ich rechnete mit allem; dass mein Vater mich ausschalt oder mich trotzdem wegschickte. Doch nichts davon geschah.
Ihm traten Tränen in die Augen, als er mich sah. Dann umarmte er mich und flüsterte in mein Haar:
„Ich habe so gehofft, dass du gehen würdest. Aber ... du bist wie deine Mutter. Sie ist damals auch nicht gegangen, als sie noch die Möglichkeit dazu hatte."

18

Im Hause meines Vaters blieben mir nur eine Nacht und ein halber Tag. Dann drosch es heftig gegen unsere Tür und zwei Büttel verlangten Einlass. Sie trugen ein Schreiben des Stadtrichters bei sich. Darin stand, dass ich als Hexe angeklagt und sofort festzunehmen sei.

Ich staunte, wie ruhig ich blieb. Meine Träume hatten mir oft genug verraten, was geschehen würde. Fast war ich erleichtert, dass es endlich passierte.

Anna Weber hatte ausgesagt, dass ich mit dem Teufel Umgang pflegte und über Zauberkräfte verfügte. Ich wusste, dass man sie nur zu einem Geständnis gezwungen haben konnte. Die Qualen, die Anna während der Folter erlitten haben musste, waren sicher unvorstellbar. Zudem hatte man Nachforschungen im Dorf angestellt und in Erfahrung gebracht, dass ich das in Brand gesteckte Haus der Webers mit bloßen Händen gelöscht hatte.

Diese Information schmerzte mich sehr. Johannes' Eltern hatten mich also denunziert. Sie hatten die Webers immer verteidigt, doch wie ich den Brand gelöscht hatte, das war zu schockierend für sie gewesen. Wie sollte ich es ihnen auch verübeln? Schließlich war es mir nicht anders ergangen. Mehr als zuvor hatte ich das Gefühl, den Boden unter den Füßen verlieren, wenn ich an meine unmenschlichen Fähigkeiten dachte.
Einer der Büttel stellte sich vor die Tür unserer Mansarde und der Zweite verlangte, meine Kammer zu sehen.
Mein Vater stand wie versteinert in der Küche, das Haupt gesenkt. Ich dachte daran, dass er genau dasselbe schon einmal erlebt hatte. Es tat mir so in der Seele weh. Ich wünschte, ich hätte am gestrigen Morgen weggehen können, um ihm das zu ersparen. Aber das Schicksal trieb mich dorthin, wo es mich haben wollte. Nie hatte ich das stärker empfunden als in diesem Moment.

Respektlos durchwühlte der Mann mein Bett und meine Kommode. Mit der Anklage hatte ich wohl jedes Recht als Mensch verloren und es schien ihm Vergnügen zu bereiten, mir das zu zeigen. Er war ein dicker, glatzköpfiger Mann, den ein übler Geruch umgab, wie ein Vorgeschmack auf das, was mich als Nächstes erwartete.

Natürlich fand er die getrockneten Kräuter und hielt die Bündel, Säckchen und Dosen wie Trophäen in die Höhe, als würden sie alles beweisen.

„Das nehmen wir mit. Und das auch."

„Vielleicht das noch", half ich ihm und zog den angekokelten Kissenbezug unter dem Bett hervor. „Wie ja bekannt ist, zünde ich gern Dinge mit meinen bloßen Händen an. Soll ich es gleich mal vorführen?"

Für einen Moment stand ihm vor Verblüffung der Mund offen. Dann riss er mir das Stoffstück grob aus der Hand, stieß mich Richtung Küche und brummte: „Ab mit dir, Teufelspack."

Sie fesselten meine Hände auf den Rücken und ließen mir keine Zeit mehr, meinen Vater zu umarmen.
„Ich liebe dich, Vater“, rief ich, während sie mich durch die Tür auf die Straße stießen. Mein Vater sah mich mit leeren Augen an. „Leb wohl, mein Kind“, hauchte er, und es klang, als würde er das kleine Mädchen in mir sehen, dass ich einmal gewesen war und dass er allein aufgezogen hatte.
Ich hielt den Kopf gesenkt, während mich die Männer unsanft durch die Gassen trieben, sodass ich stolperte.
Wir erreichten die Stadtmauer. Bis zu dem Turm, in dem sich die Verliese befanden, waren es nur noch wenige Schritte. Da hörte ich jemanden meinen Namen rufen und sah auf. Johannes! Gütiger Himmel, er wartete neben der eisernen Tür, die in die Stadtmauer hineinführte, und stürzte nun auf mich zu. Es kam so überraschend für die Männer, dass er es schaffte, mich für eine Sekunde zu umarmen.
„Ich liebe dich, Ranja. Ich habe meine

Familie verlassen. Wir ..."
Sie rissen ihn brutal von mir weg und stießen ihn in den Dreck.
„Ich liebe dich auch, Johannes", rief ich, auch wenn jeder, der stehenblieb und neugierig zu uns hersah, es hören konnte.
„Ist das die zweite Hexe?", hörte ich zwei alte Frauen tuscheln, die dicht neben mir an der Mauer standen und glotzten. Es hatte sich also längst herumgesprochen.
Einer der Büttel packte mich im Nacken, sodass ich keine Chance hatte, mich noch einmal nach meinem Liebsten umzudrehen. Die eiserne Tür fiel krachend hinter mir ins Schloss. Nie wieder würde ich die Straße als normaler, freier Mensch betreten können, schoss es mir durch den Kopf.
Die Büttel schleiften mich die Treppen hoch, weil ich gestolpert war.
In einer kalten, dunklen Kammer riss man mir alle Kleider vom Leib und begann, mich komplett zu rasieren. Grobe Männerhände begrabschten und kniffen mich an allen möglichen Stellen.

Zuerst ließ ich es über mich ergehen, weil ich keine Möglichkeit besaß auszuweichen. Als sie jedoch zudringlicher wurden, schrie ich: „Wagt es nicht. Ich schicke euch den Teufel!“, und blitzte sie mit meinen golden flimmernden Augen in der düsteren Kammer an. Erstaunlicherweise wichen sie sofort zurück und ließen von mir ab. Zum Glück gehörten sie zu der Sorte, die sich vor Hexen fürchteten.
Mit groben Händen steckten sie mich in ein sackartiges Kleidungsstück aus grauem Leinen. Dann trieben sie mich barfuß mehrere Treppen hinab in den Keller des Turmes und schubsten mich auf die feuchtkalten Steine eines engen Verlieses.

Mutige Entscheidung

19

Regungslos blieb ich liegen, bis die Schritte meiner Peiniger sich auf der Treppe verloren. Sofort umgab mich eine unheimliche Stille, die nur von einem unregelmäßigen Geräusch tropfenden Wassers unterbrochen wurde.
Normalerweise würde es stockfinster hier sein, doch meine Augen halfen mir, den winzigen Raum ein wenig zu erhellen.
Langsam richtete ich mich auf und betrachtete die Umgebung.
Die Wände waren aus grobem Felsstein und glänzten feucht.

Zwischen den Pflastersteinen des Bodens befanden sich breite Furchen aus Erde und Schlamm. Es war so eng hier, dass ich mich nicht würde ausstrecken können.
Mein grobes Gewand sog sofort Feuchtigkeit und Schlamm aus dem Boden auf. Meine Hände und Füße schmerzten von ein paar Abschürfungen und fühlten sich eiskalt an. Ich versuchte, auf die Beine zu kommen, um zu sehen, ob sie noch ihren Dienst taten. Die Knochen schmerzten und mir zitterten die Knie, während ich mich links und rechts an den Wänden abstützte und meinen Kopf einzog, um nicht an die Decke zu stoßen.
Sofort hockte ich mich wieder auf den Boden und lauschte in die Stille. Nichts. Ob ich allein hier unten war? Würden sie mir etwas zu essen bringen, oder wenigsten etwas zu trinken?
Meine Zähne begannen, vor Kälte aufeinanderzuschlagen. Ich hatte davon gehört, dass nicht wenige Gefangene starben, bevor ihnen der Prozess gemacht oder das Urteil vollstreckt wurde und

konnte mir jetzt besser vorstellen, warum.
Feuer, schoss es mir durch den Kopf. Was würde ich darum geben, wenn mir jetzt Hitze in die Wangen und Hände steigen würde, so wie damals, als ich im Winter mit Johannes durch den Wald gelaufen war. Oder wie in der Nacht, als mein Traum offensichtlich das Kissen beschädigte.
Ich rieb die Hände aneinander, dachte an die Brandlöcher auf Johannes' Weste, den Flammentunnel, seine Wärme.
Langsam ließ das Zittern nach. Von der Mitte meines Körpers begann sich Wärme bis in meine Gliedmaßen auszubreiten, in meine Arme und Beine, Hände und Füße und dann bis in die Fingerspitzen und Zehen.
Ich hielt meine Handinnenflächen an die Wangen und den kahlgeschorenen Schädel. Er fühlte sich seltsam an, als hätte ich bereits einen Totenkopf auf meinen Schultern. Sofort schob ich diesen grässlichen Gedanken weg und konzentrierte mich wieder auf die herrliche

Wärme, die mich durchströmte. Meine Fingerspitzen begannen rot zu glühen. Vorsichtig strich ich damit über die kaltfeuchten Wände und es zischte. Das Wasser verdampfte. Erstaunlich!
Offensichtlich konnte ich mit einem bestimmten Maß an Konzentration diese Hitzeschübe selbst erzeugen.
Immer wieder fuhr ich über mein Gewand, bis es an allen Stellen getrocknet war und sich der verkrustete Schlamm abklopfen ließ. Dann tastete ich die kleine Bodenfläche ab. Doch die Temperatur meiner Hände reichte nicht aus, um ihm das Wasser zu entziehen und die Steine aufzuwärmen.
Wieder visualisierte ich den Feuertunnel, hielt alle zehn Finger gespreizt vor mein Gesicht, sah eine Feuerwand dahinter und dann passierte es: Winzige Flammen begannen aus meinen Fingerspitzen zu züngeln und erhellten den Raum. Es tat kein bisschen weh, kam mir wie ein Trick vor. Befremdet betrachtete ich meine Finger.

Ich konnte zaubern, daran gab es keinen Zweifel.
Schnell verwandelte sich der Schlamm in feinen Sand und die Pflastersteine fühlten sich an, als hätte die Sommersonne sie gewärmt. Ich trocknete die Wände und dann auch das niedrige Deckengewölbe. Nur eine Pfütze in einer abschüssigen Nische füllte sich immer wieder mit neuem Wasser. Wahrscheinlich wurde sie von einer unterirdischen Wasserader gespeist.
Plötzlich hörte ich Geräusche. Jemand kam die Treppe herunter. Reflexartig legte ich meine Hände auf den Rücken, verschränkte die Finger ineinander und konzentrierte mich darauf, dass sie aufhörten, Flammen zu schlagen. Es funktionierte problemlos.
Schon klapperten Schlüssel. „Na, wie geht es unserem kleinen Hexchen?"
Die raue Stimme war ganz nah und verhieß nichts Gutes. Ich hielt den Blick gesenkt und wartete ab, was geschehen würde. Der Schlüssel drehte sich im Schloss.

Zuerst sah ich zwei Stiefel dicht vor mir. Dann setzte mein Besucher scheppernd einen Krug mit Wasser vor mir ab.
„Abendbrot, Süße. Wollen wir doch mal sehen, was wir da haben."
Der Kerl packte mich grob an der Schulter und riss mich hoch. Es war klar, was er vorhatte. Doch das würde er nicht bekommen.
Ich blitzte ihn mit meinen Augen an. Doch ehe ihn das erschrecken konnte, griff ich nach seinem Handgelenk und verpasste ihn ein paar Abdrücke mit meinen noch glühenden Fingerspitzen.
Erschrocken aufheulend ließ er von mir ab und sprang zurück.
„Hexe!", fluchte er entsetzt, als würde er zum ersten Mal in seinem Leben begreifen, dass es tatsächlich so etwas gab.
„Komm nur, Kleiner. Ich verschaffe dir gern eine Verabredung mit dem Teufel persönlich."

Er stolperte rückwärts aus meiner Zelle und sperrte sie hektisch wieder ab.

„Wir brauchen einen Prozess für das Teufelsweib. Und zwar sofort! Die ist der Satan selbst!“, rief er, als er die Treppen hinaufpolterte.

20

Ein hysterisches Kichern entrang sich meiner Kehle und ich hielt mir die Hand vor den Mund, um es zu unterdrücken. Ich hatte keine Ahnung, woher ich den Mut genommen hatte, so mit dem Wächter umzuspringen. Mein Atem ging schnell. Mein Herz puckerte und ich fühlte mich flattrig. Erschöpft rutschte ich an der Wand runter, lehnte den Kopf dagegen und schloss für einige Momente die Augen, um mich wieder zu beruhigen.

Irgendwie kam ich mir vor, als wäre ich nicht ganz bei Trost, als könnte ich es nicht erwarten, auf dem Scheiterhaufen zu landen. Als gäbe es nichts Erstrebenswerteres. Zum ersten Mal fragte ich mich, ob ich vielleicht durchdrehte, wahnsinnig wurde, so wie die Frau, die einmal in dem Haus gegenüber gewohnt hatte. Irgendwann hatte man sie abgeholt, und ich bekam nie heraus, was mit ihr geschehen war.

„Sehr gut, du hast genau richtig gehandelt“, vernahm ich auf einmal eine klare weibliche Stimme.
Zuerst glaubte ich, sie käme aus meinem Innern, gehöre zu den Stimmen in meinen Träumen, die aus den Flammen zu mir sprachen. Aber das war kein Traum. Ich war hellwach, spürte mein Herz schlagen und die Härte der Steine an meinem Hinterkopf ...
„Ich bewundere dich für deinen Mut. Du bist sehr stark, Ranja.“
Ungläubig riss ich die Augen auf und sah in das ebenmäßige, lächelnde Gesicht einer jungen Frau mit rostroten, zu einem langen Zopf geflochtenen Haaren. Sie hockte in einem weißen Gewand vor mir. So einen feinen, fließenden und schillernden Stoff hatte ich noch nie gesehen.
Zuerst wich ich, so weit es ging, an die Wand zurück und starrte sie mit offenem Mund an. Verdammt, wie war sie hier hereingekommen? Dann schnellte ich reflexartig vor und tastete nach ihr.

Ich musste wissen, ob sie ein Hirngespinst oder echt war.
Die Haut ihres Gesichtes fühlte sich glatt und warm an, ihr Haar weich und geschmeidig. Behutsam nahm sie meine Hand und legte sie zwischen ihre Hände. Die ganze Zeit lächelte sie.
„Hab keine Angst! Ich weiß, das ist alles unfassbar für dich, nicht zu begreifen, und du bangst um deinen Verstand. Aber ich musste kommen. Um dir zu helfen und damit du dich weniger fürchtest. Auch wenn alles so schrecklich scheint."
Meine Hand in ihren Händen fühlte sich so beruhigend an, obwohl die Situation alles andere als beruhigend war.
Es konnte keine vernünftige Erklärung dafür geben, wie diese Frau hierhergekommen war. Trotzdem war ich froh, dass sie vor mir saß. Vielleicht war sie ja einfach ... ein Engel.
„Du hast Träume, nicht wahr?", fuhr sie fort.
Ich nickte brav.
„Du kannst ihnen vertrauen."

„Ja“, sagte ich mit dünner Stimme.
„Hör zu. Es ist sehr wichtig.“ Sie schaute mir tief in die Augen, um herauszufinden, ob sie meine volle Aufmerksamkeit hatte.
„Wer bist du?“, hauchte ich.
Statt zu antworten, lächelte sie unergründlich. Dann fuhr sie fort:
„Zeige ihnen, dass du eine Hexe bist. Lass sie sehen, was für Fähigkeiten du hast. Mach ihnen Angst, damit sie so schnell wie möglich das Urteil vollstrecken. Du darfst auf keinen Fall eine Begnadigung annehmen, wie vorher erdrosseln, köpfen oder dass sie dir ein Säckchen mit Schwarzpulver um den Hals hängen, hörst du? Das ist sehr wichtig.“
Meine Hand begann bei diesen Worten in ihrer zu zittern. Sie drückte fester zu. „Pssst, bald ist es überstanden. Glaub mir, die Stunden in diesem Verlies, die Verurteilung durch diese furchtbar unwissenden Menschen da draußen und die Verachtung des Volkes, wenn sie dich zum Scheiterhaufen führen, sind das Schrecklichste deiner Reise.

Aber sobald sie das Feuer anzünden, wird alles gut."

„Bist du ein Engel?", fragte ich zaghaft und sie lachte.

„Nein. Dein Leben ist noch nicht vorbei, liebe Ranja. Es fängt gerade erst an. Es wird zwar völlig anders, als du es dir bisher vorgestellt hast. Aber es wird schön."

Ihre grünen Augen besaßen einen wunderbar warmen Glanz. Oh ja, ich wollte ihr alles glauben, so gern.

„Das Feuer, es ist nur ein Durchgang. Und irgendwann wirst du sogar zurückkehren können."

„Ich werde Johannes wiedersehen?", platzte es aus mir heraus. Erschrocken hielt ich mir die Hand vor den Mund. Doch die schöne Frau lächelte nachsichtig und nickte, als würde sie längst von mir und Johannes wissen. Fassungslos starrte ich sie an.

„Aber nun höre mir gut zu, wie du dich am besten verhältst, wenn du vor den Stadtrichter geführt wirst. Hab keine Skrupel bei der Beantwortung der Fragen.

Beschreibe ihnen dein Verhältnis zum Teufel in den schillerndsten Farben, erzähle ihnen, dass deine Mutter ebenfalls eine Hexe war und du stolz darauf bist, bringe ihre Hüte und Bärte zum Rauchen."
Sie kicherte und wirkte auf einmal sehr menschlich auf mich, obwohl sie es niemals sein konnte.
„Bin ich denn tatsächlich eine Hexe?"
„Oh nein, das bist du nicht. Niemand ist das. Die Menschen sind dumm und verursachen damit immer wieder unendlichen Schmerz."
Ihr Gesicht wurde tiefernst. Herr im Himmel, wer war sie nur?
„Ich muss jetzt gehen, Ranja. Wir sehen uns sehr bald wieder. Ich freue mich darauf. Bis dahin musst du tapfer sein. Aber ich sehe, das bist du." Sie lächelte wieder und umarmte mich kurz.
Deutlich konnte ich spüren, dass sie aus Fleisch und Blut war.
Doch dann verschwamm ihre Gestalt, verflüssigte sich und schoss wie ein Wasserstrahl in die dunkle Pfütze im

Winkel meines Verlieses.
Eine kurze Zeit schimmerte die Wasseroberfläche weißlich, als würde sich das Gewand der Erscheinung darin spiegeln, dann nahm das kleine Wasserloch wieder die gewohnte schwarze Farbe an.
Wie hypnotisiert tippte ich mit meinen Fingern auf die Pfütze.
„Johannes“, flüsterte ich in die Stille hinein, kauerte mich auf den Boden zusammen, schloss die Augen und entschied, mich einfach meinem Schicksal zu übergeben. Wenn es stimmte und Johannes und ich uns wiedersahen ... Vielleicht war die Frau ja doch ein Engel gewesen.
Orangefarbene Flammen begannen vor meinem inneren Auge zu tanzen und ich spürte, wie sich der Boden unter mir angenehm wärmte. Die Flammen vermischten sich mit dem schönen Gesicht des Engels. Ich sah einfach zu und ... dachte an nichts mehr ...

21

Lärm, Schritte, Schlüsselrasseln, Geschrei. Zwei Kerle zogen mich grob aus der Zelle, stießen mich die Stufen hinauf, beleidigten und verfluchten mich. Aber ich hörte nicht auf die Worte, hatte keine Ahnung, ob ich geschlafen hatte oder in welchem Zustand ich mich überhaupt befand. Es war mir egal. Ich sagte mir immer wieder die Prophezeiung des Engels auf: *Nur bis zum Scheiterhaufen ist es schrecklich. Dann nicht mehr.*

Sie führten mich in ein Gewölbe mit einem langen Tisch, der sich auf einem Podest befand. Dahinter saßen aufgereiht vier Männer,

der Stadtrichter in der Mitte, rechts neben ihm der Notar und zu seiner Linken zwei Männer, die als Zeugen vorgestellt wurden. Einer war der Wächter, dem ich Brandwunden am Handgelenk zugefügt hatte. Demonstrativ lag sein von der Hand bis hoch zum Ellenbogen verbundener rechter Arm auf dem Tisch. Der Verband war mehr als übertrieben.

Dem zweiten Mann war ich nie begegnet.

An der hinteren Wand des langgestreckten Raumes befand sich eine Bank, auf der ich den Pfarrer der Stadt entdeckte.

Die zwei Wächter zwangen mich auf die Knie, genau vor den Stadtrichter, und fesselten mir die Hände mit einem Strick auf den Rücken. Dann bezogen sie Stellung vor der Tür.

Der Stadtrichter war ein Mann von großer und kräftiger Statur mit einem grauen Haarkranz um seine Glatze und auffällig großer und roter Nase. Er rollte ein Papier aus und begann die Anklage zu verlesen.

Ich starrte die ganze Zeit auf den Boden und ließ die Worte an mir vorbeirauschen, versuchte, ihren Sinn zu erfassen, aber mir fehlte die Konzentration, weil der Strick schmerzhaft in meine Handgelenke schnitt. Eine Ameise lief vor mir über die Steine, jemand hustete, mehr Worte wurden gesprochen, und ich wollte nur eins: diesen Schmerz loswerden.

Ich begann mir vorzustellen, wie er unter der Hitze meiner Arme verkokelte und abfiel.
Dabei merkte ich nicht, dass einer der Wächter hinter mich getreten war und mir nun das Ende seines Schwertes zwischen die Schulterblätter stieß.
„Antworte gefälligst“, brüllte er, während ich mir auf die Lippen biss, um einen Schmerzensschrei zu unterdrücken.
Ratlos sah ich zum Stadtrichter auf, der mich unter zusammengezogenen Brauen hervor musterte.
„Ist dir der Teufel erschienen?“, fragte er laut und offensichtlich zum zweiten Mal, während der Wächter an seinen Platz vor der Tür zurückkehrte. „Wenn ja, in welcher Form und hattest du ein Verhältnis mit ihm? Versuche nicht zu lügen, sondern antworte ehrlich. Somit kannst du für dich mildernde Umstände erwirken.“
Sieben Augenpaare glotzen mich aus allen Himmelsrichtungen an.

Ich richtete mich ein wenig auf, räusperte mich und antwortete:
„Oh ja, der Teufel ist mir erschienen. Wir haben ein gutes Verhältnis. Gestern Nacht haben wir sogar die Zelle geteilt. Aber vor allem ..."
Ich ließ eine kleine Pause und schenkte jedem meiner Peiniger einen langen Blick, mir der Tatsache bewusst, dass meine Augen loderten.
„... der Teufel, er ist weiblich."
Der Stadtrichter wich auf seinem Stuhl so weit wie möglich zurück. Die Feder des Notars blieb in der Luft hängen. Die Wachen hoben reflexartig ihr Schwert, als könnte ich sie jeden Moment angreifen wie ein bis an die Zähne bewaffnetes Heer.
Der Pfarrer faltete die Hände und fand zuerst seine Sprache wieder:
„Ich werde für die Rettung deiner armen Seele beten. Denn auch du warst einmal ein Kind Gottes."
Das war eine gute Gelegenheit, um zu sagen, was ich loswerden wollte:
„Meine Seele wird nicht mehr zu retten

sein. Doch ihr könnt einen großen Fehler vermeiden, wenn ihr Anna Weber und ihren Sohn wieder laufen lasst. Könnten sie tatsächlich zaubern, wären sie nicht so arm, wie sie es sind. Ihre Felder würden blühen, während die der anderen verdorren. Wären ihre Kräuter vergiftet würden sie damit ihre Peiniger umbringen und keine kleinen Kinder im Dorf. Sie sind nicht imstande, Hexenwerk zu vollbringen. Wenn einer das beurteilen kann, dann ich."

Dabei erhob ich mich, bis ich mich auf Augenhöhe mit dem Stadtrichter befand. Mein Gesicht brannte vor Hitze und ein leicht verbrannter Geruch stieg mir in die Nase. Das kam von meinen Fesseln, die zu schmoren begonnen hatten.

„Schweig!", fuhr er mich an, und eine der Wachen eilte sofort herbei und zwang mich wieder auf die Knie.

„Sie haben gestanden und sie werden brennen, genauso wie du!", schrie der Stadtrichter, als fürchtete er um seine Autorität.

Ich spürte einen Kloß im Hals. Anne und ihr Sohn sterben. Hatte ich ernsthaft gehofft, es verhindern zu können?
Wütend sprengte ich meine Fesseln und riss meine Arme in die Höhe. Reste des Seiles flogen dabei durch den Raum, direkt vor die Füße des Pfarrers, der entsetzt auf die Bank sprang, als hätte ihn eine giftige Schlange angegriffen.
„Meine Mutter, sie war ebenfalls eine Hexe. Man hat sie ersäuft, doch echte Hexen sterben nicht, genauso wenig wie der Teufel selbst. Wir werden euch alle verfluchen, jeden hier in diesem Raum, wenn ihr euch an Unschuldigen vergreift! Anna Weber und ihr Sohn SIND unschuldig!"
Aus meinen Fingerspitzen züngelten Flammen. Ich spreizte die Finger und ließ meine Handflächen mit Kraft auf den Tisch sausen, genau vor die Nase des Stadtrichters. Sofort brannten sich Abdrücke in das Holz.
Der Zeuge mit dem verbundenen Arm stieß einen erschütternden Schrei aus. Sein

Stuhl kippte nach hinten um und er verließ fluchtartig den Raum.
Der Stadtrichter sprang auf und brüllte: „Wachen!“
Das war überflüssig, weil die Wachen die Tür bereits für den Flüchtling aufgerissen hatten und ebenfalls nach Verstärkung riefen.
Im Handumdrehen herrschte ein heilloses Durcheinander. Auch der zweite Zeuge und der Pfarrer wollten nun das Weite suchen, kamen jedoch nicht aus der Tür, weil weitere Wachmänner hereinstürmten.
Zwei davon packten mich und verdrehten mir die Arme auf den Rücken. Ich biss mir dabei vor Schmerz die Lippen blutig.
„Bringt Wasser!“, schrie einer der beiden. Schon ergoss sich ein Schwall eiskaltes und schlammiges Brunnenwasser über meinem Kopf.
Fünf Wächter umringten mich, stachen mir drohend ihre Schwertspitzen in den Körper und warteten auf Befehle. Regungslos kauerte ich mich auf dem Steinboden zusammen, darauf bedacht,

dass die Hitze aus meinen Händen und Augen verschwand.
Pfarrer und Zeuge nahmen wieder ihre Plätze ein. Der Notar war sitzengeblieben und kritzelte fleißig.
Mit schweren Schritten kehrte der Stadtrichter ebenfalls an seinen Platz zurück, blieb jedoch stehen, um schneller die Flucht ergreifen zu können, falls es erneut nötig werden sollte, und donnerte:
„Das Urteil lautet schuldig! Die Angeklagte hat gestanden, mit dem Teufel im Bunde zu sein und es vor aller Augen glaubhaft gemacht. Aufgrund der Schwere des Falles und zum Schutze der Allgemeinheit findet die Verbrennung auf dem Scheiterhaufen noch heute Nachmittag statt, zusammen mit den beiden anderen Verurteilten."
Ein Stich jagte durch meinen Körper. Nicht meinetwegen, denn eine bessere Nachricht konnte es für mich nicht geben, sondern weil Anna und ihr Sohn sterben würden, heute noch! Ich fühlte mich ohnmächtig, weil ich keinen Weg sah, sie

noch irgendwie zu retten. Was sollte ich nur tun? Es war ein schreckliches Gefühl.
„Gib es Einwände, dann sollten sie jetzt vorgebracht werden!“ Der Stadtrichter wandte sich an die umstehenden Männer. Der Notar selbst meldete sich zu Wort:
„Sie war geständig und hat ein Recht auf mildernde Umstände, die da seien, erdrosseln, köpfen oder ein Säckchen mit Schwarzpulver.“
Um die Augen des Stadtrichters zuckte es, während der Notar ihm ein Schreiben hinschob. „Es liegt eine Bittschrift des Vaters vor. Er ist Buchbinder in der Druckerei und ein ehrwürdiger Mann.“
Für einen kurzen Moment schloss ich die Augen und seufzte leise, weil mein Vater mir helfen wollte und nicht wusste, dass er mich damit in Schwierigkeiten brachte.
Unwirsch knitterte der Stadtrichter das Schreiben in der Hand. Augenscheinlich gefiel es ihm nicht, der Bittstellung eines ehrbaren Bürgers und dem Gesetz Genüge tragen zu müssen. Ich befreite ihn von seinem Konflikt, in dem ich laut auflachte:

„Köpfen? Das könnt ihr gerne tun. Wenn man einer Hexe den Kopf abschlägt, wachsen drei Neue. Ich bin solchen Wesen bereits begegnet. Für meinen Teil verzichte ich gern auf jedwede Begnadigung, denn die Kreaturen, die entstehen, wenn man eine Hexe in Menschgestalt erwürgt oder explodieren lässt, sehen nicht besser aus!"
Wieder lachte ich schrill, auch wenn die Spitzen der Schwerter dabei meine Haut verletzten.
„Tod durch Verbrennen!", wetterte der Stadtrichter und schlug zum Zeichen eines endgültigen Urteils den Hammer auf den Tisch. Dann verließ er mit schweren Schritten den Raum. Ihm war anzumerken, wie dringend er frische Luft brauchte.
Ich wurde rausgeschleift wie ein nasser Sack. Man warf mich noch einmal in das Verlies, gab mir jedoch weder zu essen noch zu trinken. Mir war es gleich, weil ich keinen Durst und auch keinen Hunger verspürte. Mein Bauch kam mir vor wie ein dicker, schwerer Knoten.

Regungslos auf dem Boden liegend wartete ich auf mein Schicksal und betete, dass sie sich damit beeilten, das Holz aufzuschichten. Draußen brannte die Sonne glühend heiß auf die Erde herab, und trotzdem würde es heute drei Scheiterhaufen geben. War diese Welt nicht absurd? War sie nicht die eigentliche Hölle?

Scheiterhaufen

22

Wie schwere Säcke voll Holz wurden wir unter dem Gejohle der Bevölkerung, die ganz gierig auf dieses Spektakel schien, auf einen Karren geworfen. Zuerst Anna, dann Kuntz und dann ich.

„Als würde das ihre Probleme lösen", raunte Anna. Ich sah sie an und das Blut gefror mir in den Adern. Eines ihrer Augen war grün und blau geschwollen bis zur Unkenntlichkeit, das Zweite blutunterlaufen, die Lippen aufgeplatzt und verschorft, und unzählige geplatzte Äderchen durchzogen die Wangen.

Man hatte ihr die Hände vor den Bauch gebunden. Sie steckten in alten Lappen, die blutdurchtränkt waren. *Daumenschraube* hämmerte es in meinem Kopf, und das blanke Entsetzen packte mich.
Sie musste furchtbare Schmerzen haben, aber sie war ganz ruhig.
Ich legte meinen Kopf auf ihre Schultern, wollte sie so gerne umarmen und an mich pressen, aber die Fesseln hinderten mich daran.
„Es tut mir so leid", flüsterte ich.
„Aber Kind. Meine Stunden waren längst gezählt. Und Kuntz kann ohne mich nicht existieren. Außerdem haben wir es mehr als verdient, weil ich dich denunziert habe. Das Fegefeuer ist für mich gerade recht."
Ich blickte in ihr entstelltes Gesicht: „Himmel, nein! Jeder Mensch hätte unter Folter so gehandelt wie du. Du kannst nichts dafür, Anna. Du hast keinerlei Schuld auf dich geladen. Du bist einer der gütigsten Menschen, die ich kennenlernen durfte, und ich bin dankbar dafür."

Annas verbliebenes Auge füllte sich mit Tränen, sodass auch mir die Tränen kamen. Wir holperten inzwischen aus der Stadt hinaus, umringt von plärrenden Leuten, die vergammeltes Zeug nach uns warfen. Doch das Theater kam mir seltsam weit weg vor, hatte nichts mit mir und Anna zu tun, war nur geräuschvolle, lästige Kulisse, die sich leider nicht abstellen ließ.
In diesen Minuten gab es nur Anna und mich. Und Kuntz, der vor sich hinstarrte und in Abständen ein Krächzen von sich gab. Ich konnte nicht einschätzen, wie viel er von all dem, was geschah, verstand. Immerhin sah er relativ unversehrt aus. Man hatte es bleiben lassen, ihn zu foltern, hatte wohl kapiert, dass Kuntz zu behindert war, um etwas aus ihm herauspressen zu können.
„Ich danke dir, mein Kind. Deine Augen, sie tragen die Ewigkeit in sich. Ich sehe darin, dass du noch sehr lange leben wirst."

Anna versuchte ein Lächeln, das jedoch zu einer Fratze geriet. Es tat mir unendlich weh, sie so zu sehen und dabei so hilflos zu sein.
„Es gibt keine Hexen, Anna. Sie sind eine Erfindung der Menschen. Ich bin mir sicher, dass es bessere Welten gibt als diese. Irgendwo dort hinter den Sternen."
„Ja", antwortete Anna nur. „Leb wohl, mein Kind", sagte sie unter Anstrengung, während man sie als Erste vom Karren zerrte. Wir waren angekommen.
Ein Stück entfernt von der Stadtmauer, in der Nähe des Flusses, der nur noch ein Rinnsal war, hatte man drei mächtige Pfähle mit einem Querbalken errichtet. Wie Gegenstände wurden wir hinaufgehievt und daran festgebunden. Ein paar eifrige Büttel schichteten Holzscheite darunter auf. Die Sonne brannte unerbittlich auf unsere nackten Schädel. Wenn sie sich nicht beeilten, würden wir zuerst an einem Hitzschlag sterben und nicht in den Flammen.

Immer mehr Menschen versammelten sich vor dem Podest, das ein Stück vor den drei Pfählen errichtet worden war. Ich beobachtete diese Leute mit einer seltsamen Distanz. Was gefiel ihnen daran, das Elend anderer anzusehen? Mir würde es immer ein Rätsel bleiben, warum die Menschen den Teufel so sehr fürchteten, während sie selbst sich teuflisch benahmen.
Hier oben über der Menge sitzend, kam mir das Ganze zuerst wie ein grausames Spiel dummer Kinder vor. Später fragte ich mich, ob mein Kopf mir nur vorgaukelte, dass das hier gerade passierte. Die Realität schien von mir abzurücken. Mein Geist zog sich zurück, weil er all das nicht fassen konnte. Was geschah, war zu viel, um es verkraften zu können.
Anna links neben mir hing schlaff auf der Holzkonstruktion. Ihr Kopf war zur Seite geknickt. Ich betete, dass sie bewusstlos geworden war und von dem Schrecken, der erst noch beginnen sollte, nichts mehr mitbekam.

Kuntz neben ihr rüttelte an seinen Fesseln und starrte auf die Menschenmenge.
Plötzlich sorgte jemand für Unruhe. Grob schob er pöbelnde und nach ihm grabschende Leute beiseite und kämpfte sich in die vorderen Reihen durch.
Mein Herz machte einen Sprung, als ich erkannte, dass es sich um Johannes handelte. Ich war erfreut und entsetzt zugleich. Glücklich, ihn noch einmal zu sehen und unglücklich, weil ich nicht wollte, dass das, was sich hier ereignen würde, die letzten Bilder waren, die er von mir in Erinnerung behalten würde.
Ehe ich mich fragen konnte, was er vorhatte, fand er sein Ziel. Er blieb dicht vor seiner Mutter stehen, die mit Agnes und anderen Dorfbewohnern nah beim Podest standen, und spuckte aus. Ich verstand nicht, was er zu ihr sagte, nur dass ein empörtes Raunen durch die umstehende Menge ging.
Sofort stürzten sich ein paar Männer auf ihn. Für einen Moment trafen sich unsere Blicke.

„Ich liebe dich, Johannes“, flüsterte ich und wusste, dass er dieselben Worte flüsterte, während die Zeit stillzustehen schien.
Johannes wurde fortgeschafft. *Wir werden uns wiedersehen*, wollte ich ihm hinterherrufen, *mir ist ein Engel erschienen.* Alles hätte ich darum gegeben, ihn trösten zu können. Aber es war unmöglich und ich wohl nicht mehr bei Sinnen.
Ich vermied es, Agnes und ihre Mutter anzusehen, empfand Hass auf sie und schämte mich gleichzeitig dafür. Mir war klar, dass sie Angst vor mir gehabt hatten. Einfach nur Angst. Die schlimmsten Dinge geschahen aus diesem Grund.
Dann fiel mir auf, dass Irmel fehlte. Sie klebte doch immer am Rockzipfel ihrer Mutter. Eine Ahnung stieg in mir auf. Irmel war krank gewesen. Offensichtlich hatte sie es nicht geschafft.
Schwindel erfasste mich und meine Augenlider begannen, unkontrolliert zu flatterten.

Einerseits wünschte ich mir, dass mich die gleiche segensreiche Ohnmacht überkam wie Anna. Doch die Furcht, den Engel zu verpassen und die Rettung, die er mir versprochen hatte, war größer. Irgendwie glaubte ich, dass ich dafür bei Bewusstsein bleiben musste.

Ich schloss die Augen, lehnte meinen Kopf zurück an das Holz und betete zu diesem Engel, dass es ihn wirklich gab und dass er mich nicht im Stich ließ.

23

Mir fiel ein, dass ich Feuer nicht nur entfachen, sondern auch löschen konnte, so wie bei Annas Haus. Nach und nach gelang es mir, ein Mindestmaß an Konzentration aufzubringen und damit eine angenehme Kühle in meinem von der Sonne überhitzten Kopf zu erzeugen. Der Schwindel ließ nach. Immer noch hielt ich die Augen geschlossen und öffnete sie erst, als es auf einmal dunkler um mich wurde und der Lärm der vielen Menschen verstummte.

Die Sonne war hinter die Bäume des nahen Waldes gewandert. Gleichzeitig sorgten zwei bewaffnete Ordnungshüter dafür, dass sich eine Schneise durch die Menge bildete. Sie gingen voran und bereiteten dem Stadtrichter, dem Bürgermeister, den Ratsherren und dem Pfarrer einen Weg auf das Podest.

Sogar der Bischof erschien.

Bedächtig stellten sie sich in einem Halbkreis auf. Der Notar verlas das Urteil. Die Menge erklärte sich mit lauten Rufen einverstanden.

Auf einmal entdeckte ich meinen Vater. Er stand ganz vorne und hielt die Hände vor seinem Rock gefaltet. Er sah mich nicht an, sondern blickte auf seine Fußspitzen.

Es beruhigte mich, dass er da war. Seine Anwesenheit, wenn ich mir als Kind das Knie aufgeschürft hatte oder Ähnliches, hatte mich immer beruhigt. Gleichzeitig wünschte ich mir dasselbe wie für Johannes. Er sollte gehen und nicht mit ansehen, was in Kürze geschah.

Der Bischof trat hervor und hob die Hände. Sofort verstummte die Menge und schaute ehrfürchtig zu ihm auf.

Mein Vater nutzte die Sekunde, bevor der Bischof zu sprechen begann, und rief mit seiner dunklen und kräftigen Stimme:

„Ich werde dich immer lieben, Ranja. Immer. Schaut euch um. Die Hölle ist von Menschen gemacht."

Männer und Frauen, die in seiner Nähe standen, wichen erschrocken zurück, als spräche durch ihn der Teufel. Das machte es ihm leicht, sich zurückzuziehen.

„Danke Vater, ich liebe dich auch!“, flüsterte ich, um die Schwierigkeiten, in die er sich gerade gebracht hatte, möglichst gering zu halten. Verzweiflung und die Liebe zu mir hatten ihn das tun lassen, obwohl er ein frommer Mann war und die Worte der Bibel ihm heilig waren. Es schnürte mir die Kehle zu.

„Verbrennt ihn gleich mit! ... Nieder mit dem Satansvolk ... Sie haben unsere Ernte auf dem Gewissen, unser Leben!“, wurden Stimmen laut. Die Masse unterstrich die Worte mit einem beifälligen Raunen.

Erneut hob der Bischof seine Arme und verlangte nach Ruhe. Dann drehte er sich zu uns, richtete seine betenden Hände zum Himmel und flehte Gott um Vergebung für die verlorenen Seelen an, die der Teufel sich geholt hatte.

Wie ein Narr auf dem Jahrmarkt kam mir der kleine, dicke Mann dabei vor. Ich lächelte ihn an und dann musste ich laut herauslachen. Meine Stimme krächzte unheimlich, weil meine Kehle ausgetrocknet war. Ich fühlte mich nicht mehr Herr meines Verstandes, doch gleichzeitig war mein Geist noch nie so klar gewesen.
Der Bischof wich zwei Schritte zurück, als könnte er sich bei mir anstecken und selbst vom Teufel befallen werden. Ich lachte weiter, weil er nicht wusste, dass er es längst war.
„Anzünden! Anzünden!", brüllte die Menge und darin schwang deutlich Angst mit. Der Bürgermeister gab mit einer hastigen Handbewegung den Befehl dazu und drei Männer steckten ihre Fackeln in Brand.
Jetzt war es so weit. Noch einmal schaute ich zu Anna und Kuntz hinüber. Inzwischen hing der Kopf von Kuntz ebenfalls leblos nach vorne.
Ich dankte Gott dafür, dass sie nicht mehr bei Bewusstsein waren ... oder wem auch

immer.
Jeder der Männer näherte sich unter Geschrei des Volkes einem der Scheiterhaufen.
„Lebt wohl Anna und Kuntz“, flüsterte ich und beobachtete, wie die Holzscheite Feuer fingen.
Es knackte und knisterte. Flammen züngelten an meinen Füßen hoch, doch ich spürte sie nicht. Der Rauch biss in meiner Nase und vor allem in meinen Augen, sodass es mir nicht gelang, sie offenzuhalten.
Den Hinterkopf an das Holz gepresst und mit geschlossenen Augen beschwor ich mich, bei Bewusstsein zu bleiben. Gleichzeitig konzentrierte ich mich auf meine Fesseln, um sie zu erhitzen und mich von ihnen zu befreien.
Von allen Seiten begann mich dunkler Rauch einzuhüllen und strömte in meine Lungen. Ich hustete und hustete. Das Husten übertönte das Geschrei der Menge, irgendwo hinter dem Rauch.

Sie war weit weg, nicht wichtig. In meinem Kopf drehte sich alles.
Meine Fesseln saßen nach wie vor fest, soviel ich auch daran rüttelte.
Du musst wach bleiben, bleib wach, beschwor ich mich. Warum hatte ich den Engel nicht gefragt, was ich tun sollte? Warum hatte er es mir nicht gesagt?
Neben mir ein markerschütternder Schrei. Er kam von Kuntz. Ich wollte mir die Ohren zuhalten, riss verzweifelter an meinen Fesseln, starrte auf die Flammen, die mir jetzt bis zum Bauch reichten, und schrie ebenfalls, weil ich keine Luft bekam, furchtbare Angst hatte und jeden Moment mit entsetzlichen Schmerzen rechnete.
Es gibt dich nicht Engel, du warst nur in meiner Einbildung, war mein letzter Gedanke und dann fiel ich ins Bodenlose ...

Eine andere Welt

24

Friedliches Vogelgezwitscher drang an mein Ohr. Zuerst glaubte ich, es seien die Finken vor meinem Fenster und dass ich einen schrecklichen Traum gehabt hatte. Doch das konnte nicht sein.
Um mich herum vernahm ich helles Lachen, das ich bereits aus meinen Träumen kannte. Aber jetzt war ich wach und hörte es trotzdem. Meine Hände befühlten etwas Weiches. Feines dichtes Gras. Ich wollte meine Augen öffnen, doch es ging nicht, weil sie fürchterlich brannten ... wegen des Rauches ...

Langsam kehrte die Erinnerung daran zurück, was geschehen war. Sie hatten mich ... verbrannt. Entsetzt schnellte ich hoch, doch jemand drückte mich sanft an der Schulter zurück auf den weichen Untergrund.
„Ranja, du bist in Sicherheit. Ruh dich erst mal aus“, wisperte eine Mädchenstimme.
Etwas Kühles wurde auf meine Augen gelegt. Ich ließ es geschehen, weil es wunderbar gut tat. Schnell ebbte das Brennen ab und die Anspannung in meinen Muskeln löste sich auf.
Das Kühle wurde wieder heruntergenommen. Langsam öffnete ich die Augen ... und sah, erst verschwommen und dann klar, einen blauen Himmel, den silberne Baumwipfel säumten.
„Wo bin ich?“, flüsterte ich.
„Alles ist gut. Du hast es geschafft.“ Die Stimme, die das sagte, klang tiefer und erwachsener als das Kichern und Lachen. Sofort wusste ich, wem sie gehörte. Es war die des Engels!
Ich drehte den Kopf in seine Richtung

und da hockte er, genau neben mir.
Nein, sie war kein Engel, sondern eine ganz normale Frau. Um sie herum hüpften einige kleine Jungen und Mädchen, die tatsächlich wie pausbäckige Engel in der Kirche aussahen, nur dass sie keine Flügel besaßen. Zu ihnen gehörte das Lachen und Kichern.
„Wo bin ich?", wiederholte ich meine Frage, während ich mich aufsetzte.
Ich befand mich auf einer kreisrunden Lichtung. Die Bäume ringsherum, mit ihrem rotweißen Geäst und dem silbernen Blätterkleid, hatte ich bereits in meinen Träumen gesehen. Ein Stück vor mir erhob sich aus der Wiese ein Windwirbel bis hinauf in den Himmel.
Dorthin schwangen sich die Jungen und Mädchen jetzt auf. „Einen Schönen Tag noch", riefen ihre hellen Stimmen. Dann zogen sich die kleinen pummeligen Gestalten in die Länge, ähnelten erst Schäfchenwolken, dann Nebelschwaden und verschmolzen mit dem Wirbelwind.
„Das sind die Sylphen. Sie haben dich

hierhergebracht, in die magische Welt."
Ratlos sah ich die schöne Frau an und verstand nichts.
Sie erklärte mir, dass die magische Welt das Zuhause der Elementarwesen war. Sylphen, Gnome, Salamander, Undinen und Engel bevölkerten sie und bewahrten und lenkten von hier aus das Zusammenspiel der Elemente Luft, Erde, Feuer, Wasser und Äther im gesamten Universum.
Ich konnte meinen Blick nicht von dem friedlichen Wirbelwind lassen. Er wehte mir eine angenehm frische Brise ins Gesicht. Mein Kopf versuchte das, was ich sah, mit meinen bisherigen Erfahrungen abzugleichen. Aber es war unmöglich.
„Ich bin weder im Himmel noch in der Hölle, nicht wahr?"
Mein Gegenüber lächelte nachsichtig. „Himmel und Hölle, Luft und Feuer. Es sind einfach zwei Elemente. Du, liebe Ranja, bist mit diesen beiden begabt. Deshalb hast du den Weg durch das Feuer und über den Luftdurchgang genommen."

Die Gedanken in meinem Kopf überschlugen sich.
„Ist das wahr? Dann müssen wir es den Menschen sagen! Sie glauben das Falsche und dadurch passieren schreckliche Dinge!“, rief ich und vollzog dabei eine zu hektische Bewegung mit dem Kopf. Ein stechender Schmerz schoss mir vom Nacken in die Stirn. Ich hatte Kopfschmerzen.
„Ehe wir die Menschheit retten, musst du erst mal wieder zu Kräften kommen“, antwortete die Frau und half mir behutsam auf.
Ich trat ein wenig näher an den Luftwirbel heran und streckte meine Hand danach aus.
„Vorsicht“, mahnte sie mich und berührte meinen Arm, damit ich ihn wieder senkte.
„Du kannst diesen Durchgang zurück auf die Erde erst wieder passieren, wenn du deine Elemente vollständig beherrschst. Allerdings vermute ich, dass Feuer das stärkere Element in dir ist, sodass du den Feuerdurchgang benutzen wirst.“

Angestrengt runzelte ich die Stirn und versuchte, den Sinn ihrer Worte zu erfassen.
„Heißt das, man kann zurück? In das alte Leben? Nach Hause?“
Hoffnungsvoll blickte ich sie an. Sie nickte langsam.
Wie sie mich dabei ansah, ließ etwas in mir durchbrechen, was seit unserer ersten Begegnung dicht unter der Oberfläche meines Bewusstseins gewartet hatte: ihre Augen, ihr Haar, das nur etwas dunkler war als meines, und auch die Form ihres Gesichtes. Sie sah mir unglaublich ähnlich, oder besser ich ihr. Und dann WUSSTE ich es, wusste, dass es nicht anders sein konnte: Sie war meine ...
„Mama“, flüsterte ich und fiel ihr in die Arme. Sie umschloss mich fest und strich mit der Hand über meinen kahlen Kopf, während meine Wange an ihrer Halsbeuge lag, meine Tränen ihr Schlüsselbein entlangliefen und ich das Schlagen ihres Herzens spürte. Oh mein Gott, so war es also, eine Mutter zu haben.

Lange standen wir so da und sagten nichts. Meine Schultern bebten und sie strich mir beruhigend über den Rücken. Nach der schrecklichsten Erfahrung meines Lebens, die ich gerade erst hinter mich gebracht hatte, war dies die allerschönste.
Irgendwann löste ich mich ein wenig von ihr und sah sie an, berührte ihr langes, dichtes Haar.
„Sie werden wieder nachwachsen“, tröstete sie mich. „Schneller, als du denkst. Denn das hier ist die magische Welt.“

Epilog

Das mit der Zeit ist in der magischen Welt genauso ein seltsames Ding wie in der realen.
Fünfhundert Jahre sind seit dem Tag vergangen, an dem ich meinen Vater verlor und meine Mutter wiederfand. Dabei kommt es mir so vor, als wäre es erst gestern gewesen. Es ist, als würden die Dinge gleichzeitig eine Ewigkeit und nur einen Augenblick dauern. Egal, ob etwas zwei Jahre, zehn Jahre oder mehrere Jahrhunderte zurückliegt, was vorbei ist, schrumpft zusammen auf einen Punkt und ist doch voller langer Geschichten.

Meine Eltern

Die ersten Jahre in der magischen Welt des sechzehnten Jahrhunderts lebten meine Mutter Maria und ich in dem Häuschen, das ich bis heute bewohne.
Wir redeten viele Stunden miteinander. Schließlich fehlten uns fünfzehn gemeinsame Jahre. Meine Mutter erzählte mir, wie sie in die magische Welt gelangt war. Die Symptome hatten kurz nach meiner Geburt begonnen. Sie hatte immer wieder Träume von einem Fluss, in den sie tauchen musste, um ihrer Bestimmung folgen zu können. Genau wie bei mir wurden ihre Träume mit der Zeit deutlicher. Meine Mutter konnte leere Eimer mit Wasser füllen, den Wasserspiegel des Flusses ansteigen lassen oder Boote vor dem Untergang retten, indem sie das Wasser aus einem Leck wieder in das Gewässer zurückfließen ließ.
Sie stammte aus einer Fischerfamilie. Gern nahm man ihre Dienste in Anspruch. Doch natürlich gab es auch Neider, die

ihre Zauberkünste heimlich beobachteten und sie der Hexerei anklagten, als der Zeitpunkt günstig war.
Maria erhielt im Gegensatz zu mir vorher von niemandem Besuch. Dafür sprachen im Traum Undinen zu ihr und rieten ihr, auf das Hexenbad zu bestehen.
Meine Mutter ging bei diesem Test natürlich unter, als zwei Büttel sie an Stricken in den Fluss hinabließen. Doch in den Tiefen des Flusses warteten bereits Undinen, schnitten flink das Seil durch und brachten sie in die magische Welt.
Noch lange gab es Gerede über das Verschwinden meiner Mutter. Niemand konnte sich einen Reim darauf machen. Mehrmals wurde der Fluss abgesucht und dann einige Jahre gemieden, weil er als Gewässer galt, in dem der Teufel ein Bad genommen hatte.
Ich wollte wissen, ob Maria meinen Vater geliebt und ob sie ihn besucht hatte. Oh ja, das hatte sie. Und sie hatte es eines Abends auch gewagt, an seine Tür zu klopfen. Doch, wie ich es mir schon

denken konnte, hatte ihn das extrem durcheinandergebracht und an seinem Verstand zweifeln lassen.
„Satan, weiche von mir“, hatte er gebrüllt, sodass es die halbe Stadt vernommen haben musste, und zitternd das Kreuz gegen sie erhoben. Meiner Mutter brach es fast das Herz, doch sie musste einsehen, dass es besser für seinen Seelenfrieden war, ihn in Ruhe zu lassen.
Im Mittelalter war es gefährlich, sich als jemand mit übermenschlichen Begabungen in der Realwelt aufzuhalten. Sie erzählte mir, dass sie trotzdem hin und wieder gekommen war, um mich heimlich zu beobachten und zu sehen, wie ich größer wurde.

Später, nach meiner Ausbildung, die zwei Jahre dauerte und vor deren Abschluss man die reale Welt nicht bereisen durfte, suchte ich meinen Vater ebenfalls auf. Meine Windfähigkeiten machten es mir leicht, mich ungesehen in seiner Nähe aufzuhalten. Das eine oder andere Mal war

ich versucht, mich ihm zu zeigen, unterließ es aber und hoffte, dass er meine Gegenwart spürte und ihm ein wenig wärmer ums Herz wurde.
Einige Tage vor seinem Tod setzte ich mich jedoch in menschlicher Gestalt an sein Bett und nahm seine kühle, knochige Hand, die so viele Bücher gebunden hatte, in die meine. Maria begleitete mich.
Ich sagte nichts, saß einfach nur da, während Maria hinter mir stand. Mein Vater schaute mit seinen glasigen Augen zwischen uns hin und her. Und dann lächelte er. „Es geht euch gut, meine Lieben. Ich komme bald nach."
Seine Augen fielen zu und wir ließen ihn schlafen, in dem Glauben, Besuch aus dem Jenseits gehabt zu haben.

Erst viele Jahre nach seinem Tod – er schlief einige Tage später, im Alter von einundsiebzig Jahren nach einer Grippe, friedlich ein – verliebte sich meine Mutter neu in einen wasserbegabten Mann aus England. Ihre Geschichten glichen einander. Sie siedelte in die magische Blase von London über und dort leben die beiden noch heute.

Nachdem Maria nach London gezogen war, erhielt ich aufgrund meiner Doppelbegabung einen Platz im Rat der Berliner Blase und begann in Gedenken an Anna und ihren Sohn gegen die Hexenprozesse in der Welt zu kämpfen und Angeklagte davor zu bewahren.
Es sollte noch zwei Jahrhunderte dauern, bis die Hexenprozesse endlich ein Ende fanden. Bald gab es unter den elementar begabten Menschen auch Fürsten. Sie waren einflussreich genug, um durchzusetzen, dass Urteile über Hexenverbrennungen nur noch mit ihrer Zustimmung, die sie letztlich nie erteilten, vollzogen werden konnten.

Wen ich jedoch ein Leben lang und ohne mich dabei verstecken zu müssen, besuchte, war Johannes.
Kein Tag war seit meiner Ankunft in der magischen Welt vergangen, an dem ich nicht an ihn gedacht hatte. Wie würde er reagieren, wenn ich plötzlich wieder vor ihm stand? Wäre es genauso unmöglich, mit ihm zu sprechen wie mit meinem Vater?
Nein, Johannes war anders. Er war nicht besonders gottesgläubig und meine unerklärlichen Fähigkeiten hatten ihn nie beunruhigt.
Womit ich jedoch nicht rechnete, war, dass unser Wiedersehen viel mehr ein Schock für mich als für ihn sein würde.

Johannes hatte seine Familie verlassen und ich brauchte eine Weile, bis ich herausfand, wo er sich aufhielt.
Er hatte sich in einem Dorf nicht weit von Wittenberg auf einem großen Hof als

Knecht verdingt. Für mich war es von Vorteil, weil mich dort niemand kannte. Trotzdem zog ich die Kapuze tief über mein rotes Haar, als ich das Gut betrat und nach Johannes fragte. Eine Magd mit einem kleinen Baby trat mir entgegen und rief nach ihm.

„Was ist, Gilda? Irgendwas mit dem Kleinen?“, vernahm ich Johannes' Stimme aus einem der Ställe.

Schnell verstand ich, dass er und sie ein Paar sein mussten. Doch es war zu spät, das Weite zu suchen. Johannes hatte mich bereits gesehen und auch sofort erkannt.

„Ach, Kati, bringst du mir Nachricht von meiner Familie?“, sprach er mich an, während seine Augen sich vor Überraschung und Unglauben weiteten. „Geh, lass uns einen Moment allein“, befahl er seiner Frau und wies mir den Weg aus dem Tor hinaus.

Als wir sicher waren, unbeobachtet zu sein, riss er meine Hände an seine Brust und rief aus: „Ranja, du lebst!“

„Und du hast dir ein Weib genommen“,

antwortete ich.
Sofort wurde er ernst:
„Du bist ... warst tot, Ranja. Ich ..."
„Schon gut." Endlich hatte ich mich gefangen und legte meinen Zeigefinger auf seine Lippen.
„Alles ist in Ordnung, so wie es ist. Ich lebe, ja. Aber nicht mehr in dieser Welt."
Johannes überschüttete mich mit Fragen und ich erzählte ihm alles. Er versprach, die Dinge, die ich ihm über die magische Welt anvertraute, in seinem Herzen zu bewahren.
Die vielen weißen Blüten der Kirschbäume, unter denen wir entlangliefen, leuchteten wunderschön vor dem Abendhimmel. Diese Situation hatte ich schon einmal geträumt. Es war also ein Bild aus der Zukunft gewesen.
Von Johannes erfuhr ich, dass man keine Überreste von mir gefunden hatte, als die Scheiterhaufen abgebrannt waren, und seitdem die Angst umging, ich sei ein böser Geist, der überall zugegen war, wo schreckliche Dinge geschahen. Johannes

empfahl mir, die Stadt zu meiden.
Seine kleine Schwester Irmel war, kurz bevor man mich verbrannt hatte, an hohem Fieber verstorben. Seine Mutter glaubt seitdem, dass Gott ihr Irmel genommen hat, weil sie mit den Webers zu nachsichtig gewesen war und mich bei sich hatte arbeiten lassen.

Anfangs war es schwer zu akzeptieren, dass Johannes Frau und Kind hatte, während sich mein Platz in der magischen Welt befand.
Doch wir wurden gute Freunde und blieben es ein Leben lang. Ich sah seine Kinder aufwachsen und ihn alt werden, bis Johannes mit siebzig Jahren einen friedlichen Tod starb. Seine Frau Gilde war zwei Jahre früher gegangen.

Mehrere Menschenleben habe ich gebraucht, um meine Geschichte und die Menschen, die ich in der Zeit als Normalsterbliche liebgewonnen hatte, loszulassen. Später begann ich mein Herz einem neuen Mann zu öffnen, dem erdbegabten Jerome, der mich enttäuschte, wie nie jemand anders zuvor oder danach. Doch das ist eine andere Geschichte.
Erst jetzt, im beginnenden einundzwanzigsten Jahrhundert, fühle ich mich gut und als der Mensch, der ich bin, bereit, ins Leben hinauszugehen und alt zu werden – denn dieser Punkt kommt früher oder später bei jedem magisch begabten Menschen. Auch wir leben schließlich nicht ewig, sondern nur so lange, wie unser Schicksal es für uns vorgesehen hat.

Ein großer Wunsch beherrscht mich seit einer Weile: Noch einmal so jemanden zu treffen wie Johannes, diesmal jede Stunde mit ihm zu verbringen, alt zu werden und mit ihm ein Mensch in der gleichen Zeit gewesen zu sein.

Zauber der Elemente

Als Taschenbuch, Hörbuch und E-Book

Prequel

Zauber der Elemente: Flammenspiel

Romane

Himmelstiefe (Zauber der Elemente 1)

Schattenmelodie (Zauber der Elemente 2)

Seerosennacht (Zauber der Elemente 3)

Blütendämmerung (Zauber der Elemente 4)

Geschichten

Zauber der Elemente: Ranja

Magst du Katzen?

Dann besuche Mini,
die einäugige rote Katze aus der
Zauber-der-Elemente Reihe
auf Facebook.
Ja, sie gibt es wirklich! Von ihr erfährst du alle Neuigkeiten zu meinen Büchern, und sie veranstaltet jede Woche Gewinnspiele, bei denen du tolle E-Books, Taschenbücher oder Hörbücher von mir und anderen Autoren gewinnen kannst.

facebook.com/mini.unruh

twitter.com/daphneunruh
facebook.com/daphneunruh

Du kannst mir auch gerne eine E-Mail schicken, wie dir die Zauber-der Elemente-Reihe gefallen hat, über welche der Figuren du am liebsten mehr wissen willst oder ob du dich über ein weiteres Buch aus der magischen Welt freuen würdest. Schreib an:

mini.unruh@gmail.com

Alle Botschaften kommen übrigens in den Lostopf und erhalten die Chance, mein nächstes Buch zu gewinnen!

Ich freue mich sehr über deine Rezension in deinem Lieblingsshop. Ich lese sie alle. Denn ganz oft motivieren sie mich zum Schreiben!

15055282R00094

Printed in Poland
by Amazon Fulfillment
Poland Sp. z o.o., Wrocł